Patrick Sébastien

Patrick Sébastien est né en Corrèze en 1953. Star du petit écran depuis une trentaine d'années, il a présenté, entre autres, *Carnaval*, *Farandole* et *Sébastien c'est fou*. Délaissant un temps la télévision, il devient président du CAB Corrèze, champion d'Europe de rugby, avant de rejoindre le service public sur France 2. Depuis 1998, il revient deux fois par mois pour présenter le samedi soir *Le plus grand cabaret du monde*.

Il publie en 1994 un premier ouvrage, *Au bonheur des âmes*, et signe au cinéma en 2000 un premier long-métrage, *T'aime*, pour lequel il est à la fois réalisateur, scénariste, producteur et comédien. Avec *Carnets de notes*, un recueil d'aphorismes, paru en 2001, il revient à l'écriture et réitère l'expérience en 2005 avec *Vitriol menthe*, publié chez Oh ! Éditions.

VITRIOL MENTHE

PATRICK SÉBASTIEN

VITRIOL MENTHE

roman vécu

Postface inédite de Denise

ÉDITIONS

ISBN 2-266-15866-X

Avertissement

Ce livre est le roman vécu d'une icône. Une femme rare. Célèbre et inconnue. Ange et démon. Louve et agneau. En équilibre sans cesse entre simplicité et démesure. Entre l'amour et la mort. Les larmes et les rires. Le sang et le sperme.

Elle est mon amie, ma sœur d'âme. Elle a bien voulu me confier une partie de ses secrets.

Certains étaient aussi les miens puisque nos chemins se sont croisés, superposés, fondus.

Fille de la campagne, militante féministe, actrice des tout premiers films X, elle fut surtout patronne dans les vingt dernières années de clubs libertins mythiques — le 106 et le 41 — où se mélangeaient anonymes et célébrités. Je vous propose de suivre avec elle, au-delà de son chemin personnel, l'évolution des mœurs sexuelles avouées ou cachées de la France buissonnière.

Tout ce qui est raconté ici est vrai, étonnamment vrai.

Par souci de discrétion, certains noms sont modifiés, d'autres, célèbres, sont imagés. Ce sont ses « Indiens ».

À vous de vous amuser, si vous le souhaitez, à « ce jeu de piste ».

Dans ce roman-film, j'ai choisi de laisser aller mon

humeur pour habiller la réalité de digressions personnelles, de commentaires qui n'engagent que moi.

Mais l'essentiel n'est pas là.

L'essentiel est le destin hors du commun d'une femme mi-diable mi-madone. C'est aussi l'électrocardiogramme d'une époque étrange. C'est surtout l'histoire d'une trajectoire étonnante et violente.

Violence des mots, des actes, des vérités, des solitudes. Violence de l'amour absolu qui n'est que ce que les enfants en disent et ce que les peintres en font.

L'amour n'a d'absolu que sa réalité brute. Qu'elle soit platonique, onirique, enfermée dans des codes ou libérée dans des outrances perverses.

L'intelligence commence par un devoir de curiosité.

L'essentiel de la connerie humaine se résume à une triste réalité : des gens qui jugent d'autres gens, de loin, sans les connaître et sans savoir.

— Pense à ton image, me murmurent les conseilleurs en tout. Étaler ton libertinage passé est-il de bon aloi ? Ne vas-tu pas altérer la sympathie charismatique qui fait de toi aujourd'hui, malgré une gauloiserie chronique, l'ami des familles ?

Et je réponds, grossier mais profondément sincère :

— Je m'en bats les couilles.

Oui, en des temps reculés, j'ai fréquenté les boîtes libertines. Toujours en célibataire. Je n'y ai jamais échangé mes compagnes. Juste mes solitudes. Oui, le sexe a souvent guidé mes errances. Oui, je me suis laissé mener par le bout du gland. Oui, j'ai chevauché au hasard. Oui, j'ai bouffé, bu, et baisé la vie jusqu'à l'outrance. Et alors ? Mon goût pour les chemins de traverse a forgé mon humanisme et ma tolérance. Parce qu'il y a dans tous les recoins de la débauche d'immenses pudeurs, d'incommensurables trésors d'amour pur et des profondeurs d'âme insondables.

Mon but n'est pas de convaincre que la luxure est indispensable, je n'en suis pas convaincu moi-même. Je veux juste vous prendre par la main pour vous emmener en voyage dans un pays dont vous ne connaissez probablement que ce que les dépliants vous en ont dit : un amas de chairs, d'infidélités, de perversions, de jeux, de jouissances immorales. Je ne dis pas que cette vision est fausse. Elle est juste partielle et partiale.

Alors, suivez le guide. Elle s'appelle Denise. C'est son vrai nom.

I

Rouge baiser… rouge sang

Les banquettes du Club 106 ressemblent à celles de l'émission de Michel Drucker « Vivement dimanche ». La même couleur rouge, et souvent les mêmes invités. Sauf Michel, évidemment ! Tu penses bien, Drucker chez Denise, c'est comme Bardot à la feria de Dax… Inimaginable !

On est le 11 mai 1985. « Vivement dimanche » n'existe pas encore. Drucker, oui. De toute façon, Drucker a toujours existé. Mais il n'est jamais venu au 106 et ne viendra jamais. C'est peut-être un des seuls ! La soirée a été pleine d'accouplements de toutes sortes, d'orgasmes, de sourires, de caresses, de gémissements, d'alcool et de fumée. Une soirée assez banale, en somme.

Il ne reste que trois clients au bar. Un couple rassasié et un jeune sportif débraillé après avoir apporté à ces deux-là toute la fougue de sa jeunesse.

Dans le petit salon du fond, Reine termine sa dixième fellation de la soirée. L'homme qu'elle comble est avachi. Il n'a même pas retiré son pantalon, d'où sont tombés quelques billets qu'il oubliera.

Le va-et-vient de Reine est régulier, sans à-coups.

Une application de métronome. Normal, Reine est

une marathonienne émérite. Une consciencieuse qui prendrait comme un affront le fait de ne pas mener l'opération à son terme. Même quand la mâchoire se tétanise, elle tient bon. Il ferait beau voir qu'elle faillisse à sa réputation.

Reine, la bien-nommée, est championne toutes catégories de la spécialité. Elles sont tant à lui envier ce titre honorifique.

Les yeux pleins d'alcool et de fatigue, l'homme qu'elle déguste surveille de loin, posé sur le bar, le césar qu'on lui a remis il y a déjà bien longtemps et qu'il a été obligé de ressortir ce soir pour une soirée rétrospective comme adore en faire la télé quand elle n'a plus rien à inventer.

La soirée s'est éternisée. Il a bu. Un peu par goût, un peu en attendant, et beaucoup parce que ce retour en arrière l'a ramené à un temps où il était débordé de travail et de plaisir.

Aujourd'hui, lui qui, à l'époque, jetait dix scénarios par jour à la poubelle, fait tout ce qu'on lui propose, c'est-à-dire presque rien. Alors il dérive. De verre en verre. De ligne en ligne. De nuit en nuit. Blanches aussi.

Le trophée de sa gloire d'avant est posé entre trois cendriers pleins et dix verres presque vides. Le bar a l'habitude des trophées. Des médailles d'or, des boucliers de Brennus, d'autres césars.

Denise finit de faire sa caisse. Un bon samedi. Mais ils sont partis tôt. Exceptionnellement, elle va peut-être fermer de bonne heure. Six heures du matin, c'est rare.

Il arrive parfois que le dernier client parte vers onze heures. Mais ici, on est pas au casino, tant que ça joue, on reste ouvert. Elle ne vire vraiment tout le monde qu'en dernière extrémité. Et là, il n'y a jamais d'esclandre. Parce que Denise, c'est Denise, et qu'on la craint autant qu'on l'aime, « Maman ». C'est sa force, sa survie, le respect.

Et puis Maman, le surnom que lui a donné un ami, il y a déjà bien longtemps, ça lui va si bien.

Malgré la fatigue, Denise est belle. Des cheveux blonds mi-longs encadrent un visage ovale qu'illuminent deux immenses yeux bleu piscine.

Elle est grande, racée, la poitrine ronde et droite. Et quelle que soit la saison, elle est divinement bronzée.

Elle a tant pris le soleil qu'elle semble l'avoir ramené avec elle. Elle scintille.

— Très sympa, votre club échangiste, Denise, glisse à mi-voix l'homme du couple au bar, pendant que sa femme tente une ultime plongée vers la braguette de son petit sportif d'un soir.

— Pas échangiste, libertin, rectifie Denise avec un grand sourire.

— À Grenoble, d'où on vient, on nous en avait dit du bien. Et puis qu'on y verrait des vedettes. Bon celui-là, fait-il en montrant la banquette du fond, il a un peu moins la cote en ce moment, mais c'est déjà pas mal. D'un autre côté, ça ne m'étonne pas que ça marche moins pour lui, il est un peu prétentieux. Il a pas voulu avec ma femme.

À quoi ça tient, le goût du public !

Il reprend :

— Par contre, le petit chanteur blondinet, il a été adorable avec elle. Il m'a même signé un autographe après... En tout cas, on a passé une super soirée. Vous n'avez pas une carte ? Qu'on fasse de la pub !

Denise se penche vers le petit tiroir du bas, faisant admirer au passage ses fesses bronzées et nues au mari ravi. Denise ne porte pas de culotte. Denise ne porte jamais de culotte ! Même en dehors du Club. Ainsi penchée, la croupe indécente posée sur des cuisses interminables et tendues, elle est le symbole de l'invitation aux délices de son Club. Un client myope pourrait croire que l'enseigne est tombée !

L'acteur du petit salon passe en titubant.

— Oublie pas ton césar, chéri ! lui lance Denise.

— Pas grave, c'est pas sûr que je le mérite.

Il tangue encore un peu et au lieu de prendre l'escalier, il va s'allonger doucement sur la piste de danse, les bras en croix.

Et puis il pleure.

La femme du couple au bar a relevé la tête, et, tout en continuant avec la main ce qu'elle avait commencé avec la bouche, se tourne vers Denise.

— Il a vraiment l'air malheureux, il me fait de la peine, je peux faire quelque chose ?

— Non, laissez, c'est pour moi.

Elle quitte le bar, va s'agenouiller sur la piste, et, comme une madone, prend la tête de l'acteur dans ses mains pour la poser contre son ventre.

D'où ils sont, les Grenoblois n'entendent pas les mots chuchotés, mais la scène leur rappelle un vieux vitrail, ils ne savent plus lequel. Comme si cette cave dégoulinante de lumières artificielles bariolées et de parfums poivrés se nimbait d'un coup d'un halo d'église.

Quand la poussière mélangée à la lumière du dehors habille les prie-Dieu d'un nuage fin qu'on croit céleste.

Elle lui parle comme on confesse. Peu, en écoutant surtout.

Il va lui geindre son mal de vivre, la cruauté de son

métier, ses doutes d'artiste. Il va lui étaler sans pudeur l'amour qu'il ne fait plus à sa femme et le caractère de chien qu'elle a quand ses règles sont douloureuses. Il va lui avouer le trouble étrange qu'il a eu en contemplant le sexe tendu d'un jeune homme qui se donnait du plaisir en regardant un autre couple s'enlacer. Il va vomir sa haine de toutes ses partenaires comédiennes qui jouent si bien l'amour à l'écran, au point qu'il doute pour toujours qu'une seule puisse être profondément sincère dans la vraie vie.

Elle va passer une demi-heure à le réconforter. Une demi-heure à être ce qu'elle est le plus, et ce pourquoi ils viennent surtout : une maman.

Une maman qui parle cru, vrai. Qui appelle leur bite une bite. Une maman qui sait. Qui comprend. Les doutes, le mal-être, les deux solitudes : celle qui est et celle qu'ils se fabriquent. Une maman qui rassure.

Et puis enfin, sec aux yeux, mais trempé de sueur d'alcool, il se relèvera, lourd et voûté.

Et il partira, son césar sous le bras. Moins triste, mais toujours aussi seul.

Au moment de quitter la boîte, Denise mettra ses lunettes de soleil, parce que dehors il fait déjà grand beau. La journée s'annonce magnifique. Les bistrots sortent leurs terrasses. Elle se promet de se réveiller plus tôt pour aller flâner, bronzer peut-être sur un banc du Trocadéro.

Elle traverse rapidement dans sa minuscule auto le Paris qui s'éveille. Il lui tarde de prendre un bain. Elle se sent sale. Tatouée d'odeurs d'hommes, d'alcool, de sueur et de fumée. Vite, la maison, qu'elle puisse serrer Sacha, son seul, son incomparable amour, dans ses bras.

Rue Marmontel, dans le 15e arrondissement, et dans quelques mètres l'entrée du parking et la plongée en sous-sol. La petite auto se faufile dans l'étroit souterrain. Une lumière crue. Un coup d'œil au rétroviseur pour se voir elle-même.

Ça et les lumières d'ascenseur, ça devrait être interdit !

Elle déplie ses longues jambes et ses talons aiguilles claquent et résonnent jusqu'au bout du sous-sol.

Et soudain, elle a comme un pressentiment. Un bruit de semelles souples. Elle se retourne, cherche des yeux… Rien. Si, peut-être. Comme une respiration là-bas, derrière le pilier. Peut-être des baiseurs. Déformation professionnelle.

Elle se penche pour fermer à clé la portière. Et puis brusquement un bruit de course.

Le temps de se retourner et elle les a plein cadre.

Ils sont deux. Une bombe de gaz à la main. Plein les yeux, plein la bouche. Elle suffoque. Elle hurle.

Au rez-de-chaussée, Maria, la vieille gardienne espagnole, baisse le son de son poste de radio. Même si Iglésias déchaîne l'hystérie, elle n'a jamais entendu une femme crier en plein milieu de *Je n'ai pas changé*.

Le cri doit venir de l'immeuble. Elle baisse un peu plus. Oui, ça vient bien de l'immeuble. Du sous-sol, on dirait.

En bas, ça va vite, très vite.

Un sale goût dans la bouche. Ils ont bâillonné Denise. Le plus fort la jette par terre à plat ventre et commence à la ligoter. Et l'autre, le flingue pointé entre les yeux, dit, énervé :

— Maintenant on va chez toi.

Elle titube. Ils la soutiennent jusqu'à l'ascenseur. Elle hurle, mais à cause du bâillon cela sort comme un long gémissement.

— Ferme ta gueule, ordure. L'étage ?

Elle montre le cinquième avec ses doigts. Dans leurs yeux, la haine, la folie. Et la came, évidemment. Surexcités. Fous.

Devant la porte de l'appartement, le petit vide le sac à main de Denise et ramasse les clés.

— Laquelle ? Montre... Celle-là ?

Elle secoue la tête.

— Celle-là alors ?

Elle acquiesce.

Aussitôt le seuil franchi, ils la projettent au sol. Un coup de pied dans le ventre, en passant, comme ça, pour rire. Et puis ils fouillent, renversent tout. Un peu d'argent dans le tiroir, quelques bijoux. Elle gémit toujours. Le bâillon se décolle un peu. Ça commence à ressembler à un cri.

Là, le grand tombe sur elle et ses deux grandes mains se resserrent autour de son cou. Elle se débat. Il frappe. Fort. Des coups de poing comme on n'en donne qu'à des hommes. Et puis il resserre à nouveau ses grosses mains autour de son cou.

Ça tourne. Ça part. Elle manque de plus en plus d'air et de forces. Ses sens se brouillent. Elle entend quand même quand le petit ordonne :

— Tue-la, cette salope !

Et puis d'un coup elle est sereine. Elle ne se débat presque plus. Elle s'est résignée. Elle sait qu'elle va mourir. Et Sacha... Pourvu qu'ils n'aient pas fait de mal à Sacha.

Elle a fermé les yeux. C'est quoi ces couleurs qui défilent ? Bleu... rouge... jaune...

On dirait une autoroute de nuit, vue d'un pont, cent fois accélérée.

Mon Dieu que ça va vite ! Ralentissez un peu… Voilà. Les images se précisent. Elle entrevoit des formes : des arbres, des jambes nues, la mer, des gens qui dansent, des Indiens. Ralentissez encore. Une ferme, des poules, une femme qui pousse une brouette.

Ça y est, elle a compris.

C'est bien ce qu'on lui avait raconté. La vie comme un film, juste avant de mourir…

II

Vitriol menthe… diabolo sperme

— Rhabille-toi, Denise ! crie la mère.

La voix vient de la cuisine. Denise est assise sur la margelle du puits. Presque nue. Et pourtant, on est en plein hiver.

Un hiver du Limousin, âpre, mordant, qui dessine des étoiles de givre aux vieux carreaux de la ferme, et qui aiguise les traces de pas des veaux dans la boue du chemin.

Denise n'a même pas la chair de poule. De toute façon, Denise a toujours trop chaud. Et surtout Denise ne supporte pas qu'on lui dise « rhabille-toi ».

Elle dit qu'elle a onze ans trois quarts, tellement il lui tarde que ça passe, et elle a déjà l'envie de fuir. Parce que dès qu'elle veut autre chose que l'ordinaire, c'est interdit.

« Interdit ». Elle a barré le mot d'une grosse croix rouge dans son *Petit Larousse*. Elle a barré aussi « autorité », « obéir », « gifle ».

Elle en prendra une, d'ailleurs, pour avoir salopé le dictionnaire qu'ils se sont donné tant de mal à lui payer. C'est la mère qui frappera.

Oh, pas méchamment. Une gifle ordinaire. Une gifle de tradition. Parce que le tarif de la désobéissance et de l'insolence, c'est ça. Une gifle, parce que la mère en recevait de sa mère, et que c'est comme ça qu'on élève les enfants, et on ne se pose même pas la question de savoir si c'est traumatisant ou pas. Parce qu'on est à la campagne dans les années 50 et qu' ici, la terre est rude, et le cœur aussi.

Ici, hiver comme été, on s'aime à pierre fendre.

La mère aurait préféré un fils, mais bon ! Elle l'aime, cette petite. Bien sûr qu'elle l'aime, mais comme on aime dans ces années-là.

Sur ces terres, on est de tradition bougonne. Parce que la vie est dure, que les souliers font mal et que les animaux ne rient pas non plus. Il y a bien des rires, des embrassades, mais les jours de moissonneuse, de baptême, ou de mariage.

Le reste du temps, on trime. L'amour ? Ça ne se dit pas.

Les mots d'amour, c'est dans les chansons de Tino ou les films de Gabin. Que les enfants aient de quoi manger, un beau cartable et un jouet à Noël, c'est déjà de l'amour. Comprendre un état d'âme, analyser une angoisse, exorciser un mal-être, ça c'est des maladies de la ville. Et puis, on n'a pas le temps, il y a les veaux à rentrer. Si t'es malade, va au docteur !

Alors la mère est sévère.

— C'est pour ton bien, tu me remercieras plus tard.

La plupart des paysans de cette région et de cette époque sont des taiseux. Économes de leurs mots comme ils le sont de tout. Oh, de temps en temps, ils laissent bien échapper un « milladiou », en patois local. Un blasphème de tradition adressé à une surmultitude de dieux, dont un seul n'est pas assez qualifié pour éviter la grêle et les doryphores.

Le père, lui, ne jure pas et n'est économe ni de mots ni d'autre chose.

Il est beau, mince, grand et gai. Il n'interdit jamais. Il chante dans les mariages. Aux fêtes des moissons, une partition à la main, il entraîne tout le monde avec ses refrains joyeux. Et la petite Denise est fière.

Elle l'aime, son papa bonheur, qui fait éclater en rires la revanche sur sa propre enfance. Sa mère, morte de la grippe espagnole quand il avait cinq ans. Et puis la nouvelle femme de son père, arrivée avec ses enfants. Et lui, mis un peu à l'écart.

Alors pour ne pas gêner le nouvel équilibre familial, il avait appris à cacher ses tristesses. Ne jamais montrer qu'il souffrait d'être mis de côté. Et rire, faire la fête, parce que c'était son seul bouclier.

La petite Denise est donc sculptée ainsi. Un socle dur : la mère, ses privations et ses interdits. Et des moulures fantasques : le père et ses envolées lyriques et gaies. Elle est déjà statue. Caractère de pierre et cœur de mirliton. Forte et légère. Vitriol menthe.

La ferme est à quelques kilomètres d'un petit bourg perdu au milieu d'une lande humide, parsemée de châteaux où les descendants des seigneurs d'avant n'ont gardé de leur noble passé que la particule, et le regard méfiant des travailleurs du sol. À l'échelle nationale, c'est là que le socialisme est le plus ancré. Mais la petite Denise se fout bien des mots en « -isme », ou alors « libertisme », mais ça n'existe pas.

Sa silhouette déjà grande traverse la basse-cour. Elle écarte le rideau de bouchons pour entrer dans la petite maison.

— Va t'habiller, tu vas nous attraper la mort, lance la mère.

Elle ne répond pas et s'engage dans l'escalier qui monte au grenier.

« Attraper la mort », ça la fait sourire. « C'est la vie que je veux attraper. » Ici, tout est déjà mort.

Alors, quitte à prendre une gifle de plus, elle sort son dictionnaire et, avec son crayon rouge, entoure, cette fois d'un cercle, les mots « liberté », « évasion » et « plaisir ».

Dans le grenier, la mer turquoise vient s'alanguir sur une plage de sable blanc. Denise est allongée en maillot une pièce, et sirote un cocktail bariolé, au bras d'un dandy bronzé au regard bleu comme le sien. Elle passe des journées entières à remonter les Champs-Élysées en Buick, défiler chez la grande Coco, ou danser dans la grande salle du casino de Monaco.

Sa pile de magazines, c'est son trésor. Elle y part en voyage dès qu'elle peut.

— Tu descends manger, ça va être froid !

Elle en était justement au menu de fiançailles de la princesse Sofia. Tant pis. Le temps d'une omelette au pain et elle remontera pour le bœuf Stroganoff et le sorbet au champagne.

— Mets pas tes coudes sur la table.

— Et pourquoi pas, si j'ai envie.

Et vlan ! La gifle. Même pas mal.

— Dans la vie, on fait pas ce qu'on a envie.

— Il faudrait.

Re-vlan ! Et toujours pas mal.

— Allez, va au lit, ça t'apprendra… Et sans finir de manger.

Elle s'en fout, il y a des éclairs au chocolat au cocktail de mariage de Cécile d'Autriche… Alors elle monte l'escalier en courant. Elle sent dans son dos le regard du père qui l'accompagne. Tendre et désolé. Mais il ne dit rien. De toute façon, ça finirait par une discussion, toujours la même, où la mère le rendrait responsable de l'insolence de sa fille. Alors, autant se taire.

Denise ferme à double tour la porte de sa chambre. Ce soir, c'est le grand jeu. Le bâton de rouge vif donne à ses lèvres des lueurs cerise. Elle noircit le bout de ses cils pour faire ressortir encore plus le bleu de ses grands yeux. Puis elle fait glisser à ses pieds l'immonde culotte de coton large. « Quand je serai grande, j'en mettrai jamais de culotte ! »

Et elle s'envole vers la Floride où les piscines sont grandes comme les étangs d'ici, avec des acteurs beaux comme des dieux en guise de garde-pêche. Quoique, le nouveau garde-pêche, il est plutôt mignon.

Même avec la musique douce qui enveloppe la garden-party du grand hôtel de Miami, elle entend des bribes de conversation de ses parents, assis au « cantou », la cheminée où on parle.

— On n'en fera rien, de cette petite, elle finira en maison de correction, prédit la mère.

Pour corriger quoi ? L'amour de la liberté est-il une faute si grave ?

En fait, elle finira en maison d'« incorrection ».

Mais plus tard. Beaucoup plus tard.

Rue Marmontel, au cinquième, les agresseurs de Denise se déchaînent. Les coups pleuvent. Sourds, réguliers. Elle commence à saigner abondamment.

Et les images défilent dans ses yeux, parfois presque insaisissables tant elles vont vite. Mais c'est long, une vie. Elle ne reconnaît pas tout. Là c'est net : un homme. Beau. Il la tient par la main dans un petit escalier.

Trois ans et quart ont passé. Elle a quinze ans tout juste et l'homme qui lui tient la main en a le double. Les murs du petit escalier sont gris sale. Le tapis au milieu d'un vert douteux. Tu parles d'une montée des marches pour une première !

C'est un petit hôtel à peine convenable au centre de Limoges. Mais il est discret, enfoncé au fond d'une ruelle sombre.

C'est préférable, parce qu'une gamine de quinze ans qui va y faire l'amour pour la première fois avec un homme de trente ans, ça aussi c'est interdit.

Quand elle en ressortira, elle se dira que non seulement ça ne devrait pas être interdit, mais qu'au contraire ça devrait être obligatoire tant elle en aura un souvenir merveilleux.

C'est elle qui lui a demandé de lui faire l'amour. Depuis déjà six mois le ventre lui brûle. Bien sûr, il y a eu les flirts. Même un peu poussés, quand elle aventurait sa main sous la ceinture du garçon. Mais là, elle a décidé qu'elle voulait tout. Il est marié ? Et alors ! Justement. Il doit savoir, lui. Elle ne veut pas essayer, elle veut réussir.

C'est pour ça qu'elle ne tremble même pas. C'est même elle qui ouvre la porte de la chambre.

À peine le seuil franchi, il l'embrasse fougueusement et la jette sur le lit. Elle repousse ses baisers, pour s'offrir jambes écartées, le ventre nu. L'immonde culotte est restée à la ferme. Elle est pressée. Vite, que ça commence en vrai ! Un autre se serait précipité. Par bonheur, celui-là sait combien une première fois est cruciale. Et le tact et le respect de cet homme vont conditionner bien des choses à venir. Peut-être toute sa vie de femme.

On n'imagine pas à quel point la première étreinte est capitale.

Combien sont-elles ces mal-prises et mal-comprises qui vont traîner toute leur vie le fardeau d'une première fois abusée ou frelatée ?

Il la prendra délicatement, sans égoïsme. L'amour, il le fera à elle, pas à lui. La nuance est tellement importante.

Elle jouira deux fois de tout son ventre.

Et même les mots d'après seront justes. Il dira :

— Ça y est, tu es grande.

Elle soupirera :

— C'était bon. Merci.

Ils sont tant, après l'amour, à se tromper de phrase. À dire bêtement : « Alors ? », pour s'entendre répondre : « C'était bien. » Comme si, même si ça ne l'avait pas été, elles auraient eu l'indélicatesse de l'avouer.

Ils sont tant à massacrer un silence de rêve par le mot de trop, la question qu'il ne faut pas poser, la remarque qu'il ne faut pas faire.

Citons en vrac pour l'homme : « C'est joli chez toi »... « Qu'est-ce qu'il fait chaud ! »... « C'est toi là, sur la photo ? »... « Bon, faut que je rentre »... « Je vais aux toilettes, je reviens »... « Passe-moi le cendrier »... « Je boufferais bien un truc, moi »... Jusqu'au lamentable : « Tu peux aller dans la salle de bains ? Faut que j'appelle ma femme. »

La femme n'est pas en reste : « T'es essoufflé, dis donc »... « On a dû faire un faux mouvement, j'ai mal aux ovaires »... « Heureusement que c'était bien, parce que l'hôtel, il est nul »... « Passe-moi une serviette »...

Jusqu'à l'inévitable : « C'est parce que c'est la première fois, si on se revoit ça sera mieux… »

De toute façon c'est une règle immuable : après l'amour, le premier qui parle dit souvent une connerie !

À de rares, très rares exceptions.

Pour Denise, justement, ce fut l'exception. D'ailleurs tout fut exceptionnel. Ce fut la photo parfaite d'un acte réussi.

Alors pendant des mois, il va lui apprendre le sexe. Tout le sexe. Apprendre à aimer jouir. Aimer faire jouir. Et, de chambre d'hôtel en siège arrière de voiture, et de meule de foin en clairière, il fera vibrer sa peau d'adolescente.

Et puis, comme ça, parce qu'il a assez joué, il la quittera. Même les princes charmants ont leurs petites bassesses. Et Denise se dira qu'il s'est au moins trompé sur une chose : ce n'est pas juste après la première fois qu'elle est devenue grande, mais le jour où il l'a quittée. Ça aussi, ça conditionnera pour toujours sa vie de femme et son regard sur les hommes. Ce sera son premier chagrin d'amour. Elle ne sait pas encore qu'elle n'en aura que deux.

Enfin trois, en comptant Sacha. Mais Sacha, c'est autre chose. Elle en croise, des Sacha. Mais elle ne s'arrête à aucun. Pas encore envie de former ce genre de couple.

Il faut qu'elle butine, et surtout qu'elle prépare son départ loin. Là-haut, à Paris d'abord, et puis après vers les étangs bleus de Miami. Mais Miami, ce n'est encore qu'un nom propre encerclé de rouge dans le *Larousse*. Limoges, c'est sa croix.

Alors, en attendant, elle butine et butine encore. Et puis une nuit…

— Tata, ouvre.

— C'est toi, Denise ?

— Oui, ouvre.

— Qu'est-ce que tu fais à Limoges en pleine nuit ?

— Ouvre, je te dis…

Elle entre et s'assoit, lasse et triste sur le fauteuil du salon. Pas la peine qu'elle parle. Tata a déjà compris à la manière dont les mains sont posées sur son ventre.

— Tu veux le garder ?

— Il n'en est pas question. Non seulement je n'en veux pas, mais je n'en voudrai jamais.

— Tu ne sais pas.

— Si, je sais. Je veux être libre. Tu préfères quoi ? Que je sois comme ces vieilles paysannes cassées à trente ans, esclaves des travaux à la ferme, et en plus des couches, des rougeoles ?

— Dans le fond, tu n'es peut-être pas une mère. Il y en a tant qui croient l'être, et qui rendent leurs petits si malheureux.

— Je suis d'abord une femme. J'exige le droit de choisir.

— Et tu choisis quoi ?

— L'aiguille.

— Écoute, petite, je te comprends, mais laisse-moi juste te raconter ce que disait un vieux conteur aux veillées. Avant d'aller voir la faiseuse d'anges, quelles que soient tes raisons, mets-toi devant ton miroir et pose-toi cette question : ce bout de chair qu'on va m'enlever, est-ce que j'aurais le courage de le donner à manger au chat ? Si la réponse est oui, tu n'auras jamais de remords, fais-le. Dans le cas contraire, ça veut dire que pour toi c'est autre chose qu'un bout de viande. Alors ?

— Alors je vais le faire.

— Tu le donnerais à manger au chat ?

— Non.

Quelques jours et quelques vieux billets froissés plus tard, glissés à une vieille profiteuse, le vieux bout de fil de fer tout juste désinfecté lui tord les chairs. C'est la seule fois où elle aura autant honte d'écarter les jambes. Elle ne pense même pas à ce qu'on lui enlève. Elle pense aux femmes. À toutes les femmes. Elle pense qu'il faudra se battre, quitte à descendre dans la rue.

Elles ont tant de choses à conquérir, ces femmes des années 50. Il y a encore des fermes où elles sont debout à la cuisine pendant que les hommes mangent à table. Elles travaillent aux champs sans autre salaire que le toit qui les protège et la nourriture qu'elles cuisinent. Plus les grossesses qu'elles ne souhaitent pas toujours. Surtout si c'est une fille. Parce qu'il faut des bras, et que tant qu'il n'y a pas de garçon, on recommence.

Et puis quand elles sont jeunes et imprudentes et qu'il faut faire « passer » l'enfant, elles sont encore tant à mourir d'hémorragies « post-fil de fer mal aseptisé ».

Denise n'oubliera jamais ce fait divers d'un autre temps qui envoya dans ces années-là une pauvre femme d'une ferme voisine aux assises.

Chaque été, pendant huit ans, le voisin l'avait vue rentrer les foins avec le ventre rond. Et elle n'avait que deux enfants. Alors le voisin s'interrogeait mais se taisait. Un jour, elle refusa de prêter un tracteur.

Vexé, il s'en fut aux gendarmes dire, par vengeance, qu'il la voyait toujours enceinte, mais que, comme on ne lui connaissait que deux petits, il devait y avoir quelque chose de louche. Et les gendarmes découvrirent les restes dc six cadavres de nouveau-nés au fond d'un puits. Quand, au tribunal, on lui demanda de s'expliquer, la pauvre femme répondit avec une naïveté désarmante :

— Les chats, comme je peux pas les nourrir, alors je les noie. Ben, les gosses, comment voulez-vous qu'on y arrive ? Alors j'ai fait pareil !

Ça, c'était à la campagne, mais en ville ce n'était guère mieux.

Le salaire d'une femme était systématiquement inférieur à celui d'un homme.

Et encore fallait-il que l'homme accepte que son épouse soit, elle aussi, active en dehors du foyer.

Et puis la violence conjugale, comme une tradition, entretenue par un humour de bistrot douteux qui prétendait : « Bats ta femme. Si tu ne sais pas pourquoi, elle, elle le sait ! »

Il y avait aussi ce qu'on n'appelait pas encore le harcèlement sexuel, qui en poussa tant à renier leur dignité et bien d'autres à mettre fin à leurs jours pour ne pas avoir à le faire.

Denise l'adolescente savait bien tout ça, et non seulement ça la révoltait, mais chaque fois qu'on abordait le sujet, elle s'enflammait. Ce qui faisait dire à quelques-uns de ses interlocuteurs englués dans leur confort de mâles dominants :

— Tu crois quand même pas que tu vas changer le monde !

Le monde peut-être pas, mais le sien oui. Sûrement que les autres femmes mettraient du temps à briser ce carcan d'habitudes et de soumissions, mais pour elle, elle avait décidé que c'était tout de suite. Et, première étape, elle baisait avec qui elle voulait. Comme un homme.

Mais c'était la province, les regards méprisants, les sentences : « Si la rue était pavée de bites, elle marcherait sur son cul. »

Et toutes ces vieilles, partagées par un rideau, comme incrustées dans leurs fenêtres à force d'espionnage. Toutes ces fripées de peau et de cœur qui dévidaient, de ragoût en ragot, leurs existences mornes.

Tous ces rats d'église qui s'endimanchaient de bonté et de compassion, mais si pleins de bassesses ordinaires le reste de la semaine.

Alors vite… Partir !

III

Des prés… à Saint-Germain

11 mai 1985. Sept heures dix. Rue Marmontel, au premier, on sonne chez monsieur Julien.

— C'est qui ?

— La gardienne, monsieur Julien. J'ai entendu des cris de femme. Je crois que ça venait du parking. Une femme qu'on agresse. Il m'a semblé que ça criait « Au secours », mais je ne suis pas sûre. Vous pouvez venir avec moi ?

— Entrez, Maria. On va appeler la police.

— Je l'ai fait, mais vous les connaissez, ils seront pas là avant une bonne demi-heure. Je leur ai dit qu'il me semblait avoir entendu des cris. Alors, vous pensez ! Quand il y a eu un accident le mois dernier devant l'entrée, ils ont mis vingt minutes avant d'arriver.

— Et encore, s'ils viennent. On va descendre faire un tour dans le parking. Attendez-moi deux secondes, je vais prendre ma carabine, on ne sait jamais.

— C'est ça, on ne sait jamais. Mais faites bien attention si vous devez tirer, demandez bien qui c'est avant. Je veux pas d'ennuis, moi.

— Vous inquiétez pas, Maria, elle n'est pas chargée, c'est juste pour faire peur.

Au cinquième étage, la moquette a rougi sous la tête de Denise. Les images qui défilent dans ses yeux se sont arrêtées sur un décor d'un autre temps qu'on croirait sorti d'un film de Godard. D'ailleurs, elle le voit en noir et blanc.

C'est une chambre d'étudiant, meublée années 60. Une table en Formica et des chaises ovales aux pieds « talons aiguilles ».

Au mur, une photo de Bardot sublimement belle et presque nue, les jambes croisées repliées près du visage. Sur la table, il y a des bols, et des revues en vrac. Une jeune fille brune fait du café. Sur la chaise, une pancarte : « Femmes-hommes, même salaire. »

— Je m'habille et on sort ! lance Denise.

— Tu veux pas rester comme ça ?

— Oh ! non, j'ai trop transpiré à la manif.

Elles étaient des milliers dans la rue à hurler pour le droit à l'égalité, le droit à la liberté, le droit à l'avortement, le droit d'être femme.

— Le droit de baiser avec qui je veux et comme je veux, comme les mecs, affirme Denise avec autorité.

— Vous n'avez quand même pas crié ça à la manif ! demande Jacqueline.

— Quand même pas.

— On va où ce soir ?

— À Saint-Germain. Jazz… Pourvu qu'on tombe sur un bon !

— Un bon groupe ?

— Non, un bon coup !

Ça fait maintenant deux ans que Denise partage sa petite chambre dans le 6e à Paris avec Jacqueline, une copine de Limoges. Elle a laissé derrière elle ses dictionnaires griffonnés, la margelle du puits, les interdits et le beau garde-pêche.

Elle a rangé dans son armoire aux souvenirs les feux d'artifice des fêtes votives, les amours volées dans les meules de foin, les feux de la Saint-Jean, les crèches de Noël en papier crépon, les pêches aux écrevisses.

Et comme tous ceux qui se croient déjà grands à vingt ans, elle est persuadée qu'elle est déjà pleine à moitié, l'armoire de sa vie.

Elle ne sait pas que ça n'a rempli qu'un petit tiroir, et encore !

À Paris, elle est fonctionnaire. Bon, d'accord, ce n'est pas la garden-party de Miami, mais ça viendra, c'est sûr.

Surtout, elle est libre.

Tous les soirs, elle sort, danse, fait l'amour à des intemporels, des passants qui lui remplissent l'âme et le corps de plaisir.

Elle a évité tous les pièges de la solitude féminine dans la capitale ogresse : le tapin, la soumission, la came, les marlous.

Elle garde même un sourire attendri de ce mac qui l'avait invité à boire un verre et qui, au moment de payer, lui avait glissé discrètement l'argent pour qu'elle règle la note. Question de réputation !

Qu'il est doux et tendre, le Paris de ce temps-là. Pas de problème d'emploi. On flâne encore. Même à six heures du soir, boulevard Saint-Germain, on entend les oiseaux. On fait l'amour à la sauvette sans autre précaution que d'éviter d'avoir un enfant.

L'amant « saute en marche », comme on dit à l'époque. Bon, d'accord, c'est frustrant. Mais c'est quand même beaucoup plus agréable que la plastification actuelle qui fait souvent partir en serpentins les plus vigoureux, et qui laisse sur la bouche des plus gourmandes un sale goût d'emballage. Mais chaque époque a sa croix, et celle-là n'est pas très lourde à porter.

Cette année-là, Denise va vivre une passion pour un homme. Un amour de printemps qui en durera quatre. Un amour fidèle, sans écarts.

Aucun. La liberté, c'est aussi de choisir sa cage. Christian est étudiant. Il prépare un doctorat de sciences. C'est un amour fusion, violent, passionné. Elle est toute à lui et pourtant il est jaloux de tout. Alors ça donne des tendresses immenses, des promesses d'éternité, des disputes de gosse et des réconciliations d'adulte.

De ces belles retrouvailles d'amants, quand les larmes en Rimmel souillent les oreillers, que l'orgasme se hurle, et que l'après dégouline de pardon. Tous ceux qui connaissent ces guerres de feu et de miel savent bien comme ces innombrables fêlures finissent par faire une fracture ouverte. Un jour, l'un des deux lâche. L'un des deux ne pleure plus. L'un des deux abdique. Ce sera elle. Et ce sera, malgré ça, son deuxième chagrin d'amour. Ce n'est pas forcément celui que l'on renie qui souffre le plus.

Déjà deux chagrins d'amour. Un d'abandon, l'autre de rejet.

Alors, stop. Terminé. Définitivement.

Elle sait qu'elle ne jouera plus jamais son cœur à pile ou face.

Son corps, oui.

Deux ans passeront sans autre intérêt que l'insouciance, et le plaisir de voler çà et là des frissons. Des aventures sans lendemain, ni hier d'ailleurs. Des aventures d'un soir, d'un bar, d'une rue.

Et soudain arrivera le déclic. La révélation. Ce qui fera d'elle quelques années plus tard Denise l'icône. Sa vie jusque-là aura été un flash, celle qui vient sera un feu d'artifice.

C'est peut-être pour ça qu'au moment où, rue Marmontel, en 1985, défile sous ses yeux clos le début de son existence en photos pressées, et que son agresseur serre de plus en plus les mains autour de sa gorge, les premières images n'auront duré qu'infiniment peu : la ferme, la margelle du puits, les magazines, la première fois, l'aiguille, les manifs, une boîte de jazz, Christian, tout ça n'a mis que quelques centièmes de seconde.

L'image d'après durera une seconde entière. Elle sera en couleurs :

Des dizaines de corps enchevêtrés dans le salon d'un immeuble du 16e arrondissement. L'apparition. l'Illumination !

Depuis peu, en plus de son travail de routine, Denise arrondit ses fins de mois dans l'immobilier.

Jean-Michel, le patron, est sympa, cool, sexy, et ce qui doit arriver arrive forcément. Il la séduit et l'embarque pour Cythère, lirait-on dans la collection « Harlequin ». En fait, c'est la collection « Jean-Michel ».

Alors il l'emballe et la saute comme une bête sur le capot de sa voiture. Moins romantique, mais tout aussi jouissif.

Il pourrait la confiner à l'obscure tâche de collaboratrice docile et Kleenex. Ça se fait beaucoup, et ça ne l'aurait même pas gênée, Denise, qui sait déjà les égoïsmes des hommes et s'en accommode fort bien.

Mais il la sort, l'invite au restaurant. Bel exemple de collaboration à l'intérieur d'une société, quand on sait le nombre de patrons scélérats dont le seul périple amoureux à deux avec l'employée séduite va de la machine à café à la photocopieuse. Ladite photocopieuse servant le plus souvent de lit à baldaquin. Le romantisme en prend un coup. La secrétaire aussi. Match nul !

Mais il est rassurant de constater qu'il existe encore des « serial fuckers » soucieux d'une certaine éthique sexuelle, capables de nourrir deux fois dans la journée l'employée consciencieuse : une fois sous le bureau et une fois au restaurant !

— Dans quel resto on va ce soir ? demande Denise.

— Exceptionnellement, je t'emmène dans une soirée privée dans le 16e, répond Jean-Michel.

— Quel genre de soirée ?

— Surprise !

L'immeuble est cossu. La porte d'entrée de l'appartement lourde. Un couple charmant et tout sourires, parfaitement habillé, leur ouvre.

— Bienvenue dans la maison de l'amour et du plaisir, fait Jean-François, le maître de maison, en baisant élégamment la main de Denise.

Pas besoin de lui faire un dessin, elle a compris. Elle embrasse tendrement Jean-Michel sur la joue et lui murmure à l'oreille un discret « Merci ». Depuis le temps qu'il lui avait promis de l'emmener.

Elle se sent infiniment bien. De plus, la bienséance, le tact dont l'hôte a fait preuve la rassurent pleinement. Et puis il y a le parfum. Il flotte dans l'entrée un de ces arômes suaves et veloutés qui déjà préparent au plus exquis des raffinements.

Ce n'est pas que Denise se soit par trop « aristocratisée », mais c'est vrai que dans ses multiples aventures dans des piaules d'étudiant, l'odeur des mocassins, tout juste déchaussés, ou du William Saurin frissonnant encore sur le réchaud, c'était pas la fragrance idéale pour préparer à l'extase.

Dans le petit vestiaire de l'entrée, on devine déjà la profession des invités à la qualité des manteaux suspendus. Ce soir-là, point de duffel-coat, de doudoune, d'imper à la Colombo, mais une flopée d'ex-petites bêtes montées sur cintre. Une chose est au moins certaine : Brigitte Bardot n'est pas au salon. C'est la remarque amusée que Jean-Michel fait à haute voix.

— Hélas, soupire Jean-François.

Et il ajoute :

— Si vous voulez bien me suivre. Quelques petits « amuse-bouches » vous attendent au salon.

Il a dit ça avec un sourire si chafouin que Denise se demande avec angoisse si dans « amuse-bouches » il a aussi intégré un sens réellement culinaire. Elle est morte de faim. En tout cas, elle se rassure en prévoyant que, vu le standing de l'immeuble et la qualité des manteaux, s'il y a réellement « amuse-bouches », ce ne sera sûrement pas de l'omelette au pain.

Et elle se souvient tout à coup du menu de fiançailles de la princesse Sofia, des magazines dans le grenier, des cartes postales au mur qui représentaient, soit la Riviera, soit la tour Eiffel. Elle jette un rapide coup d'œil par la fenêtre en passant dans le couloir qui mène au salon. Pile devant, au loin : la tour Eiffel !

— Ça y est, ma fille, tu y es dans la carte postale, alors profite… profite…

Elle se dit qu'elle va enfin découvrir le luxe, le vrai. Elle va découvrir bien plus. Deux petites lettres seulement en supplément : la luxure, la vraie.

C'est le premier coup d'œil au salon qui imprègne sa pupille pendant une seconde entière au moment où, bien des années plus tard, elle suffoque de plus en plus entre les mains de son agresseur, en ce sale petit matin de mai 1985.

Une vingtaine de corps d'hommes et de femmes sont étendus par-ci, par-là. Se caressant, s'embrassant, s'encastrant par deux, par trois.

Et puis les souffles. Légers. Pas de cris. Que des mots glissés, soufflés. Une bande-son parfaite.

Des gémissements sans exagération, rauques ou soyeux, mais tous remplis de jouissance.

— Si vous voulez participer, vous pouvez, glisse Sylvie, la maîtresse de maison, en laissant traîner le bout de ses doigts sur le dos dénudé de Denise, mais vous n'êtes pas obligée, personne ne vous en voudra si vous voulez seulement regarder. Mais vous auriez bien tort, ajoute-t-elle, féline.

Ce qui est formidable, c'est que la pénombre les rend tous beaux. Elle meurt d'envie de tout de suite se lancer dans le bain au point d'en oublier le magnifique buffet froid, débordant de mets délicieux, dressé au fond du salon. Mais la nature humaine étant faite de telle façon que le sexe a bien plus de patience que l'estomac, elle décide de se précipiter d'abord sur le buffet.

Tout en se nourrissant, elle continue d'observer. Et elle pense à la liberté. Liberté pour la femme qu'elle est de choisir qui elle veut, le plaisir qu'elle veut, le fantasme qu'elle veut.

Et personne pour lui ordonner « Rhabille-toi ». Au contraire !

Et la suite fut magique.

Elle lâcha la main de Jean-Michel pour déambuler lentement entre les corps qui tanguaient au rythme d'une petite musique de fond parfaitement adaptée. Elle repéra tout de suite un jeune homme allongé, à moitié sur le fauteuil à moitié sur le tapis. Tout de suite ses yeux allèrent à ses yeux. C'est fou le nombre de choses très claires qu'on peut se dire dans une pénombre si sensuelle.

Une tignasse blonde allait et venait entre les cuisses du jeune homme. Denise s'allongea tout près. La jeune femme, tout en continuant sa caresse humide, la dévisagea, lui sourit, et comme on partage son dessert à la cantine, sortit le sexe de sa bouche et l'invita des yeux. Et tour à tour, elles exercèrent tout leur talent sur le magnifique jeune homme qui n'en demandait pas tant.

Quand les mains d'un autre homme se posèrent sur ses hanches, elle ne sursauta même pas. Il la prit lentement, sans précipitation. Ça lui rappela la première fois. La même attention, les mêmes effluves. Mais tout ça multiplié par cent. Elle eut peut-être six, sept partenaires dans la soirée et autant d'orgasmes. Si elle avait eu encore son dictionnaire, elle aurait entouré de rouge le mot « paradis ».

Une fois la soirée finie, au moment de récupérer les manteaux, elle entendit des conversations qui citaient des diagnostics, des échéances d'audiences, des séances à la Chambre.

Ils étaient médecins, avocats, hommes politiques. Elle venait de frotter son ventre à la couche haute de la société.

Mais ça ne lui faisait pas plus que ça, à la petite Denise assise sur la margelle de la ferme. Elle comprit aussi, ce soir-là, que personne, quelle que soit sa position sociale, ne l'impressionnerait plus jamais. Que nus, ils se ressemblaient tous. Et qu'un pénis de chirurgien, si elle en croyait sa mémoire, n'était ni plus ni moins délicieux que la bite d'un garde-pêche !

La voiture de Jean-Michel s'arrêta en bas de l'immeuble où elle allait rejoindre sa petite chambre.

— Alors ? demanda-t-il, en déposant un baiser tendre sur sa joue.

— Alors c'était inoubliable.

— À ce point-là ? fit-il amusé.

— Encore plus.

— C'est comme ça qu'on va s'amuser si tu veux, de temps en temps.

— Non, mieux que ça. C'est comme ça que je veux vivre tout le temps à partir de maintenant !

Et à partir de ce jour, deux à trois fois par semaine, Denise alla s'éclater dans des soirées aux quatre coins de Paris, où son charme, son envie et sa disponibilité finirent par en faire une indispensable.

C'est vrai que la deuxième soirée n'eut pas tout à fait la magie de la première. Mais c'est presque toujours comme ça pour tout.

Et puis il y en eut une troisième et ce fut à partir de la quatrième qu'elle ne les compta plus. Le rituel était toujours le même, mais chaque nouvelle fête était différente.

Elle y découvrit tant et tant de façons nouvelles de se donner du plaisir qu'elle se demandait sincèrement comment la majorité des gens pouvaient se contenter de quatre ou cinq figures classiques tant il y avait de combinaisons pour atteindre l'orgasme.

C'est là qu'elle s'initia à la fellation au miel, au thé chaud, aux glaçons.

Elle découvrit également tout un tas de supports de toutes sortes à l'accouplement : du billard au piano à queue, en passant par l'inattendu cheval-d'arçons dans un appartement de gymnaste, sans oublier le fauteuil de gynécologue et ses étriers.

C'est là aussi qu'elle eut ses premiers contacts avec

la drogue. Mais sans en prendre. Dans sa quête de liberté, l'idée d'une dépendance à quoi que ce soit la terrorisait. Et puis la démesure pitoyable de ceux qui se croyaient des aigles alors que leur sexe et leur cervelle n'étaient que de moineaux avait plutôt tendance à la faire rire.

Bien sûr, la fumette apportait un petit supplément de bonne humeur mais, comme elle était de bonne humeur permanente, elle n'avait besoin de rien pour être raccord.

Quant aux drogues très dures, elle vit tant de naufrages, de souffrances, qu'elle fut effrayée pour toujours à l'idée de faire ces voyages-là.

C'est à cette époque aussi qu'elle découvrit le sadomasochisme. Le soft. Quelques punitions. Des humiliations. Des panoplies cuir et métal. Elle comprit déjà de quel côté du fouet elle serait. Elle prit même un immense plaisir à châtier les hommes. Châtier une femme, elle ne pouvait pas. Mais elle se régala de punir quelques esclaves, surtout quand il s'agissait de politiques, car il s'avérait que le monde du pouvoir était très porté sur ces pratiques-là.

Surtout, elle se fit des amis de tous bords. Parce que non seulement Denise était une partenaire de jeux érotiques hors normes, mais aussi une fille avec qui on pouvait parler, à qui on se confiait et qui donnait son avis avec une franchise peu coutumière. Son carnet d'adresses grossit à vue d'œil.

Pour améliorer son quotidien, on lui proposa tout et n'importe quoi. Mais elle continua à travailler dans l'administration.

Liberté, liberté chérie !

Elle aurait pu, bien sûr, s'acoquiner avec un de ceux dont on dit qu'ils sont très beaux financièrement.

Mais, pute, ce n'était pas son truc. Elle comprenait,

respectait, avait des amies tapins, mais non, elle n'aurait pas pu faire.

C'est justement de ça qu'elle parle avec Jean-Michel, en ce beau lundi de printemps, alors qu'ils se rendent avenue Mozart pour faire visiter un appartement.

— Et tourner un porno, c'est presque être pute, non ? argumente Jean-Michel.

— Ça n'a rien à voir, pute c'est gagner sa vie à contre-cœur et à contre-cul. Le porno, j'adorerais ça.

— C'est vrai que tu es un peu exhibitionniste.

— Pas un peu, très. Mon plus grand fantasme est de me faire prendre à six heures du soir place de la Concorde sur le capot de la voiture. Il est quelle heure, là ?

— Ça va pas, non ! répond Jean-Michel en se frappant la tempe avec le doigt.

Et Denise éclate de rire.

IV

Corps à corps… cœur raccord

La petite Denise sur la margelle du puits n'éclatait jamais de rire. La petite Denise n'avait jamais froid.

Pourtant au cinquième étage de la rue Marmontel, alors que son agresseur a relâché l'étreinte autour de son cou pour lui asséner encore deux coups de poing d'homme au visage, Denise a froid. Elle sent une onde glacée commencer à envahir son corps cassé.

Le sol du parking de la rue Marmontel est d'un blanc sale. Heureusement ! Il aurait été noir ou rouge, Maria n'aurait peut-être pas remarqué les quelques gouttes de sang au pied de l'ascenseur.

— Regardez, monsieur Julien, c'est frais.

Monsieur Julien se met à trembler un peu. Il balbutie :

— Ouh ! là, c'est sérieux. Il vaut peut-être mieux attendre la police.

— Vous avez dit qu'ils ne viendraient peut-être pas.

— Oui… euh… mais… on peut les rappeler.

— Vous avez peur ?

— Bien sûr que non, répond-il la voix tremblante, je suis un homme, quand même.

— Alors on y va.

Et le couple improbable s'engage dans le minuscule escalier de pierre qui conduit aux étages.

Maria ne peut s'empêcher de marmonner entre ses dents :

— Maricon !

— Vous dites ?

— Rien, c'est une prière en espagnol.

Le beau bleu des yeux de Denise a disparu. Il n'y a plus que du blanc. Un filet de sang coule au coin de ses lèvres. Un instant elle a cru que même les images dans sa tête devenaient floues. En fait, c'était le cadreur qui faisait le point. Ça y est, c'est net. C'est un film. Un vrai. Un porno des années 70.

— Rhabillez-vous tous, c'est fini pour aujourd'hui.

Denise remet sa blouse d'infirmière. Richard saute du lit d'hôpital et enfile son jean. Marie-Claude a décidé de rester nue encore quelques instants, le temps de se passer la figure sous l'eau pour nettoyer la dernière projection.

Le film s'appellera *Infirmières en chaleur*.

Je peux finir le tube ? demande Denise.

Et tout le monde éclate de rire. On se croirait sur le tournage d'un film de De Funès ! Pourtant c'est un porno tout simple, avec une intrigue à deux balles. Denise sait bien qu'elle n'est pas actrice. Elle n'en a jamais eu la prétention. Elle suçote son tube de lait Nestlé sous le regard amusé des techniciens. Il faut dire qu'il y a quelques instants, le tube avait eu un tout autre usage.

Il arrive parfois qu'en fin de journée, l'acteur masculin ait donné « tout ce qu'il avait dans le ventre », au sens propre du terme. Dans ce cas-là, le tube de lait Nestlé devient lc sauveur. Mélangé à un peu d'eau, le concentré prend tout de suite l'apparence du sperme. Il suffit alors de le mettre dans une poire que l'on pressera le moment venu pour en faire un jet plus vrai que nature. Si c'est pas des effets spéciaux, ça !

En tout cas, entre la poire qui ne marche pas au bon moment, le jet qui part trop loin ou sur l'acteur lui-même, ça fait deux heures que tout le plateau est mort de rire.

C'est ça, le porno de l'époque : une ambiance bon enfant et d'énormes éclats de rire.

Dans le cauchemar où défile sa vie en accéléré, Denise esquisse même un sourire au passage furtif de l'image de la poire qui gicle. Pourtant elle étouffe de plus en plus. Son agresseur lui a laissé un peu de répit, mais ses mains ont serré si fort que c'est comme si elle les avait encore autour du cou. Et dans ses yeux les couleurs psychédéliques des années 70. Et une multitude de sexes d'homme tendus.

Le porno, pour Denise, est arrivé tout naturellement.

À force de fréquenter les soirées « spéciales », elle avait tissé un réseau d'amitiés très solides. Parmi ces amis, certains s'étaient dit que tant qu'à baiser en groupe, si ça pouvait rapporter autre chose que du plaisir, pourquoi pas ?

En Hollande, en Allemagne, la mode du porno commençait à prendre son essor. En France, on n'en était qu'aux balbutiements. Il y avait bien quelques films qu'on disait érotiques, projetés dans des petites salles, mais un de leur seul intérêt était une lecture au deuxième degré, tant l'érotisme était vraiment sommaire.

Il faut dire que les scénarios étaient à la limite du sublime, voire culte, si on se place d'un point de vue moqueur, atteignant des sommets dans le « n'importe quoi ».

Est-il possible d'oublier les quatre mousquetaires ferraillant avec leurs sexes et achevant la botte de neuf heures entre les fesses de Milady ?

Inoubliable aussi le sublime Pinocchio, dans lequel le pantin transformé en homme voyait son sexe s'allonger à chaque fois qu'il mentait. Et, apothéose finale, quinze filles se retrouvaient chevauchant un membre factice de quatre mètres.

Du sublime, je vous dis. Pas sûr que Spielberg n'ait puisé dans ces chefs-d'œuvre l'essence de sa future carrière !

Pour revenir à plus de sérieux, ces films avaient aussi la particularité de ne montrer aucune pénétration. Tout était simulé et montré de telle façon qu'on y apercevait seulement quelques poils pubiens, et encore exclusivement féminins. Et ça, ça avait eu le don d'énerver Denise dans sa quête éternelle de l'égalité homme-femme.

Et puis il faut dire franchement que tout ça n'était pas très bandant. Il était temps de donner aux spectateurs ce qu'ils venaient vraiment chercher dans les salles sombres.

C'est pourquoi quelques pionniers avaient décidé de se lancer dans le « hard ».

Et encore, « hard » est bien disproportionné quand on mesure la distance qui sépare aujourd'hui le « Gonzo » des gentilles bluettes de l'époque.

Bluettes avec sodomie, mais bluettes quand même comparées à la violence, l'absence d'histoire, l'humiliation faite aux femmes qui font l'essence de ce qu'on appelle le « Gonzo ».

Le Gonzo, aujourd'hui, ce sont des films tournés en

deux heures, où les filles sont maltraitées, sans autre décor que le lieu le plus froid possible, et avec des gros plans plus indiscrets que des échographies. On ne tourne plus à la caméra, on tourne au spéculum.

Les temps ont bien changé, ma brave dame !

Où qu'il est le José Bové du cul pour nous altermondialiser tout ça ?

Le profit a pris le pas sur la créativité, si minime ait-elle été. Jusqu'où s'arrêteront-ils ? Halte à la malsuce ! Détruisons les champs de Viagra !

C'est du délire, tout ça, mais même en 1985, au moment où Denise repasse sa vie sur l'écran de sa mort proche, les choses n'ont déjà plus la naïveté et la bonhomie qui accompagnaient chaque tournage porno des années 70.

D'abord, on prenait le temps. Les tournages duraient quinze jours, voire trois semaines. De plus, ils avaient lieu aussi bien en intérieur qu'en extérieur, dans des décors de rêve : des châteaux et leurs parcs, des bords de mer, des îles. Il est arrivé à Denise d'aller tourner aux antipodes. Et puis il y avait surtout l'ambiance. Une vraie équipe de tournage : cadreur, preneur de son, script. Une bande de joyeux fêtards pour qui la fête continuait, une fois le tournage terminé.

Il y avait dans ces premières aventures du porno en France quelque chose de magique, d'enfantin, d'incroyablement cool qui ressemblait au bonheur.

Pensez, être payés pour prendre son pied et en plus dans une ambiance de potaches, parfois dans des îles de rêve et sans se soucier du nombre d'entrées. Si ça, c'était pas du cinéma Paradiso !

Donc Denise fit du porno et n'en eut jamais honte. Avec, en plus, la tranquillité d'esprit, ayant choisi de ne pas avoir de progéniture, d'être certaine qu'elle n'en aurait jamais le remords. Ce qui ne fut pas le cas de toutes les actrices qu'elle croisa à cette époque.

Certaines, par la suite, se rangèrent, firent des enfants et traînèrent comme un boulet leurs galipettes filmées. Il y eut des drames.

Des enfants découvrant les exploits de leur mère eurent beaucoup de mal à l'accepter. Mais c'est à peu près le seul inconvénient majeur, même s'il est de taille, de l'aventure porno de ces années-là.

Denise passa même à la production. À l'instar d'un sportif professionnel, qui devient entraîneur-joueur, elle décida d'associer le rôle d'employée et de cadre supérieur. Et l'aventure fut tout aussi belle. Ce passage à la mise en forme, et non plus à la seule consommation, présageait sa vocation à devenir organisatrice des plaisirs du sexe.

Imaginez-la, juste un instant, notre Denise en plein casting.

— Bon, toi la petite brune, suce un peu Armand, qu'on voie ce que ça donne.

Et la petite brune s'empare du sexe mou d'Armand et commence une fellation appliquée, mais apparemment inefficace, puisque Armand reste flasque.

— Qu'est-ce qui se passe, Armand, t'as baisé avant de venir, ou quoi ?

— Non, j'te jure, Denise, tu connais ma conscience professionnelle. Excuse-moi mais…

Et il désigne la petite brune à l'ouvrage avec une mimique d'impuissance qui signifie : « J'y peux rien, c'est elle qui assure pas. »

— Bon, d'accord, fait Denise.

Un producteur de cinéma normal, dans une telle situation d'incapacité de l'actrice à jouer convenablement son rôle, renverrait illico la pauvrette au cours Florent. Mais même dans sa tâche de productrice, Denise la généreuse ne peut s'empêcher de laisser parler sa nature dévouée.

— Attends, je te montre, fait-elle, en venant au secours de la brunette, désemparée de sa maladresse.

Et Denise, licenciée ès licences, donne une leçon de fellation appliquée, en faisant elle-même une démonstration sur Armand qui, enfin au mieux de sa forme, ne peut s'empêcher de se dédouaner :

— Tu vois bien que ça venait pas de moi !

Toute sa vie, Denise gardera cette application à expliquer au mieux aux maladroites et aux empruntés le meilleur chemin pour arriver au septième ciel, quitte à mettre la main à la pâte, si molle soit-elle.

C'est une des particularités qui lui sera indispensable quand, bien plus tard, elle se lancera dans le métier de patronne de clubs libertins.

Mais c'est encore loin.

Au cinquième de la rue Marmontel, le petit s'impatiente.

— Putain, mais finis-la, hurle-t-il, en assénant à Denise un énième coup de pied dans le ventre.

Devant la porte, monsieur Julien prend une grande bouffée d'oxygène et hurle à son tour :

— Qu'est-ce qui se passe là-dedans ?

Le grand s'affole.

— Il faut se casser… Tant pis… Ramasse ce que tu peux… De toute façon, elle est cuite.

— Ça aurait été plus vite avec un couteau.

— Je préfère à mains nues, ça m'excite.

— T'as qu'à te branler dessus aussi.

— Pas le temps, on se tire.
— Oublie pas le bijou.

Denise ne sent même pas la douleur de la peau qui part avec sa bague quand il l'arrache de son doigt. Denise est repartie au cinéma. À Deauville.

La plage en décembre. Une scène torride, avec en fond les touristes hébétés. C'était ça aussi, le fun : tourner à la va-vite, sans autorisation, et parfois devant des spectateurs involontaires, ça lui décuplait le plaisir.

Sauf que ce jour-là, à Deauville, même elle, qui avait toujours trop chaud, commençait à se peler sérieusement au bout de deux heures de fornication par « moins zéro ».

— Encore, tenez bon, hurlait le réalisateur, ça va être magnifique, c'est mon Lelouch : *Un homme et une femme s'enfilent*.

Ce jour-là, ils avaient tenu trois heures, vraiment par conscience professionnelle et aussi par amitié pour leur pote, le metteur en scène.

Il la voulait, sa baisance à la Lelouch, son Graal cinématographique ! Histoire de montrer son savoir-faire à des producteurs de grand cinéma pour qu'ils lui disent : « Pourquoi pas ? Allez, on te confie un vrai film. »

Trois heures. Trois longues heures. Tout juste si l'acteur n'avait pas éjaculé des glaçons ! Et puis la phrase était tombée, terrible en guise de clap de fin :

— Merde, j'ai monté la pellicule à l'envers !

Ça s'était quand même terminé dans la bonne humeur. Parce que Denise avait joui. Dans son ventre et dans sa tête.

Parce que quelques promeneurs curieux étaient venus se planter à une dizaine de mètres du tournage pour profiter du spectacle.

Et voyant que monsieur Julien est pétrifié, il part d'un énorme éclat de rire. Un rire de fou.

— Allez, pousse-toi !

Et les deux agresseurs passent tranquillement entre Maria et monsieur Julien en les bousculant à peine et disparaissent dans l'escalier.

— Vite, faut appeler le Samu, bredouille Maria en courant vers Denise, inanimée et ensanglantée sur la moquette du salon.

— Madame Denise, ça va ?... Madame Denise, répondez-moi.

Denise ne répond pas. Elle est en voyage dans sa vie. Les images se sont considérablement ralenties. Avec en surimpression permanente trois chiffres : un 1, un 0, et un 6.

V

Amour libre… club sandwich

— Il faut se déshabiller en entier ?

— Mais non, chérie.

L'homme se retourne vers la vestiaire qui sourit.

— Excusez-la, c'est la première fois que je l'emmène dans une boîte échangiste.

— Pas échangiste, libertine, précise, aimable, la vestiaire, en rangeant les manteaux des nouveaux arrivants.

— C'est quoi, la différence ?

— C'est simple, vous allez voir, suivez-moi, interrompt Denise.

— Vous êtes une hôtesse ?

— Non, la patronne. Je m'appelle Denise. Bienvenue au 106.

— Ça, par contre, c'est une bonne idée, donner le numéro de la rue à la boîte, ça aide à trouver vite et plus discrètement.

— Rassurez-vous, reprend Denise, la discrétion est la règle numéro un de la maison.

La discrétion est la règle numéro un de toutes ces maisons. Elle les a tellement fréquentées, ces maisons, qu'un jour elle s'est dit : « Qui mieux que moi ? »

Ça ne peut que marcher parce que non seulement je

le ferai pour gagner ma vie, mais en plus, ça sera un véritable plaisir. Et ça, pour réussir dans un commerce, quel qu'il soit, la passion, c'est le nec plus ultra.

En 1981, les boîtes de ce genre sont assez rares sur Paris : le célèbre Roi René, le Club d'Artois, le Cléopâtre. On les appelle indifféremment « boîtes à partouzes », « boîtes de cul », « clubs échangistes ». Quelques-uns des organisateurs privés de soirées chaudes se sont transformés en commerçants. L'appellation pour la loi reste : « Discothèque privée. » Les gens y viennent pour danser.

— Ce qu'ils font ensuite sur les banquettes ne nous regarde pas, justifient, en parfaits hypocrites, les patrons, à une police bienveillante qui tolère aimablement.

En réalité, les couples viennent y assouvir tous leurs fantasmes d'échange, d'exhibitionnisme ou de voyeurisme, avec l'espoir de rencontrer chaque fois des partenaires nouveaux.

Denise les connaît toutes, ces boîtes. Elle y a pris tous les plaisirs dont elle rêvait. Elle s'y est fait des tas d'amis. Elle connaît par cœur le circuit. L'envie de monter ce genre de club la taraude depuis longtemps. Mais pour une femme, seule en plus, le pari est risqué.

— Et pourquoi pas ? J'ai bien plus de couilles que la plupart de ceux que j'ai croisés, et je sais de quoi je parle. Leurs couilles, je les ai vues de près.

— Faudra quand même choisir ton camp : flic ou voyou.

— Les deux !

— Impossible, ou tu tiendras six mois.

— Tu me conseilles quoi ?

— Devine !

— Évidemment, tu vas pas prêcher contre ta paroisse.

— Je suis pas un prêcheur, je suis un sauveur.

Celui qui s'adresse à elle dans l'arrière-salle enfumée d'un vieux bar est un flic, un cogne, un poulet, un de la grande maison, quoi !

Et en une nuit, il va tout lui expliquer, comme ça, par amitié, par respect. Les putes, les voyous, le commerce, les pièges. Tout !

Qu'est-ce qui fait que cette femme attire l'amitié et le respect ? Il ne sait pas. Personne ne le sait. C'est ainsi.

Au petit matin, elle saura qu'une boîte comme ça se tient avec un savant mélange d'autorité et de charme, comme dit Sardou dans sa chanson *Femmes des années 80*.

Car c'est cela qu'elle est devenue, Denise, la petite Limousine : l'archétype de la femme des années 80. Libérée, volontaire, courageuse, charmeuse et sûre d'elle. Des sœurs d'âme, comme elles, deviendront des icônes de la chanson, du cinéma, de la police, des affaires, de l'art.

Elle, elle deviendra une icône de la nuit.

Le 106 de la rue Saint-Honoré est un ancien restaurant. Une toute petite porte noire discrète qui va devenir en quelques mois le rendez-vous de tout ce que Paris compte de célébrités, mais aussi d'une multitude d'anonymes de province.

C'est en ça que Denise a un peu révolutionné ce petit monde. Parce qu'au vestiaire du 106, il y a des manteaux de fourrure, mais aussi des duffel-coats et des blousons de cuir. Elle le revendique comme une fierté : « J'ai été la première à démocratiser le genre… »

Alors soit. Votez Denise Laguiller ! Force orgasmique. C'est la turlute finale, groupons-nous… Etc. Etc.

La petite porte d'entrée donne sur un escalier de quelques marches. La lumière est très basse, rouge.

À droite au bas de l'escalier, le vestiaire et les toilettes, puis un autre petit escalier à gauche.

On débouche sur une grande salle. À gauche, une longue banquette rouge qui touche le bar tout en long sur quatre à cinq mètres.

De hauts tabourets noirs. Dans le prolongement du bar, une large piste de danse, et tout autour, des banquettes, rouges évidemment.

Et puis encore plus loin, une petite ouverture à peine masquée d'un rideau, rouge, bien entendu.

Une dernière pièce d'une dizaine de mètres carrés où la lumière est pratiquement inexistante : le coin « câlins ». Donc banquettes aussi. Mais un peu plus larges celles-là.

Pour bien comprendre l'âme du Club, on va suivre un client ordinaire un soir de janvier 1982. Il s'appelle Jean-Pierre, et il a été recommandé par monsieur Paul, un ami de Denise.

C'est important, parce que autant Denise accepte tous les couples, autant un homme seul, s'il n'est pas envoyé par un ami, a peu de chance d'entrer.

Un petit coup de sonnette. C'est le visage de Denise qui s'encadre dans la petite ouverture de 10 centimètres sur 10 :

— Je viens de la part de monsieur Paul.

— Vous êtes Jean-Pierre, son ami de Vierzon, il m'a prévenue que vous viendriez. Allez-y, entrez. Le vestiaire est en bas à droite.

Dans le premier escalier, Jean-Pierre croise un couple d'une quarantaine d'années.

Lui souriant, elle digne et élégante.

La coiffure sophistiquée mais légèrement déstructurée, le tout petit décalage du rouge à lèvres vers le bas, et le double trait de Rimmel qui a un peu coulé sur le visage de la femme indiquent qu'ils n'arrivent pas. Ils partent.

Et puis quand on les croise, ce tout petit plus d'arôme fauve mélangé à l'élégant parfum. Ça sent le coït récent. C'est une odeur inimitable, inenfermable en flacon, ou alors quoi ? « Fleur de sueur », « Étreinte sauvage »… Mais pour offrir à qui ?

Quelques marches plus bas, un jeune homme chemise ouverte, le front légèrement emperlé de sueur, dit « Pardon », en se glissant le long du mur pour se diriger vers les toilettes. Il laisse dans son sillage le parfum de la dame du couple croisé dans l'escalier. Pas besoin d'être Holmes ou Colombo. On sait déjà où on est, et ce qui vient de se passer. Alors, Jean-Pierre s'attend à déboucher sur une grande pièce où il imagine déjà des corps mixés, les uns dans les autres, empilés comme des tas d'habits avant la machine à laver.

Eh bien, non ! Sur la banquette de gauche, deux filles sages quoique habillées très court parlent sans frénésie. Racontent-elles une sodomie, une fellation sur un Noir surdimensionné ? Échangent-elles des « zéros pointés » ou des « dix-huit sur vingt » ?

Il prête l'oreille :

— C'est Aristophane qui a écrit *Lysistrata*.

— Oui, mais c'est Robert Merle qui en a fait l'adaptation en l'appelant *L'Assemblée des femmes*.

Ben, merde alors ! Et le couple qui se tient la main sur les deux premiers tabourets de bar, ils causent quand même pas de Sophocle revisité par Bernard-Henri Lévy !

— Tu m'énerves, Joël. Ta mère, j'en veux pas pour le week-end, les enfants vont encore être intenables.

— Mais, minou…

— Non, y a pas de minou qui tienne.

Ouf ! On commence à se rapprocher de la civilisation décadente. C'est pas encore ça, mais ça vient.

Jean-Pierre s'installe au bar en attendant.

— Un gin-fizz, s'il vous plaît !

— Tout de suite, monsieur, répond le barman, aimable.

— Attends, Jimmy, moi d'abord. Un Peppermint ! lance une grande rouquine torse nu. Je viens d'en pomper trois, il me faut du sucré, je supporte pas le goût du sperme plus de deux minutes et j'ai plus d'Hollywood à la chlorophylle !

Enfin. Il était temps ! On allait finir par se croire chez Drouant. Manquait plus que le vrai BHL soit là. Mais attends... On dirait... Mais c'est pas possible ! Quand on parle du loup. Le vrai BHL ? Non, c'est la chemise blanche ouverte qui a trompé Jean-Pierre. Et puis BHL est brun, celui-là est plutôt châtain clair. Et puis plus grand et plus gros. En fait, il n'a rien à voir avec BHL à part la chemise. Pourtant la tête de ce mec lui dit quelque chose... Voilà, ça y est ! T'as raison, c'est pas BHL. Mais alors pas du tout. Celui-là, c'est plutôt BHV avec ses vannes à deux balles à la télé. C'est machin, tu sais le comique qui... qui... ben, qui fait des vannes comme ça justement : BHL... BHV !

— Y'a un problème ? demande Chemise blanche en souriant.

— Non, non, mais vous êtes pas ?... Euh...

— Sûrement que oui. Je suppose que c'est la première fois que tu viens ?

— Oui.

— Alors, il faut que tu connaisses la règle. Ici, personne n'est personne. Ça veut dire que tout le monde fait ce qu'il veut, et que tout le monde est ce qu'il est, sans que personne ne le juge, ni à l'intérieur ni une fois la porte passée, capito ?

— Compris.

— Mais si tu veux, je t'offre un verre, et on parle de ce que t'as envie. C'est surtout pour ça que je viens. Pour parler. Pour niquer un peu bien sûr, mais ça, je peux le faire n'importe où… Jimmy, deux whiskies glace.

— Merci, fait Jean-Pierre.

— De rien, et toi tu prends quoi ?

— Ben… un whisky glace.

— Alors quatre. Viens que je te fasse visiter en attendant. Tu t'appelles comment ?

— Jean-Pierre. Je viens de Vierzon. C'est monsieur Paul qui m'a envoyé.

— Monsieur Paul, ce vieux grigou. Tiens, justement ceux-là, ce sont des amis de monsieur Paul.

Et Chemise blanche désigne du doigt sur la piste, au milieu de danseurs qui se démènent sur *Saturday night fever*, un couple presque immobile qui se balance nonchalamment. En regardant de plus près, Jean-Pierre constate que l'homme est enfoncé au plus profond de sa partenaire qu'il tient retournée contre lui.

— Tiens, j'ai une idée, on va te baptiser. Sors ta bite, ordonne gentiment Chemise blanche.

— Ben… Euh… Tout de suite, comme ça ?

— Ben oui… Crains rien, je les connais bien.

Il s'exécute maladroitement, et Chemise blanche le colle en douceur contre la jeune femme. Elle glisse aussitôt sa main et commence à le caresser doucement.

À peine quelques secondes, puis sans se décoller de son partenaire encastré en elle, elle se penche pour engloutir le sexe de Jean-Pierre dans sa bouche.

Il jouira en quelques secondes.

— Ben dis donc, fait Chemise blanche, y avait urgence.

— C'est elle qui est douée, s'extasie Jean-Pierre.

Et la jeune femme, la bouche encore chaude de l'éjaculation de Jean-Pierre, se retourne vers son partenaire, pour l'embrasser goulûment.

— Eh oui, chacun ses gourmandises, commente Chemise blanche en souriant.

Et il ajoute :

— Bon, ceux-là, c'est parce que je les connais. Mais si tu connais pas, tu peux tenter ta chance quand même, mais il faut être plus feutré. S'approcher doucement, frôler, risquer une caresse. Si la femme a envie, elle laisse faire, sinon elle s'écarte ou retire doucement ta main. Et la règle, c'est que tu n'insistes pas. C'est un jeu très excitant. Un peu comme la pêche à la mouche. Tu présentes l'appât et le poisson choisit. T'es pêcheur ?

— Non, mais ça donne envie.

— Allez, viens, on continue la visite.

Ils font quelques pas et Jean-Pierre s'arrête, gêné :

— Zut !

— Qu'est-ce qu'il y a ?

— Je lui ai pas dit merci.

— T'inquiète pas, c'est elle qui te remercie.

Et ils arrivent au petit rideau rouge qui occulte le coin « câlins ».

— Tu vois, c'est là que ça couine surtout.

Une belle femme d'une trentaine d'années, uniquement vêtue d'un porte-jarretelles blanc, est offerte, jambes écartées, à la bouche d'un homme à genoux, habillé, lui. Elle est encadrée par deux jeunes hommes totalement nus assis de part et d'autre d'elle sur la banquette. Un sexe dans chaque main, elle les masturbe lentement, les yeux fermés et la tête rejetée en arrière.

Un peu plus loin, une petite blonde frisée est assise à cheval sur le sexe d'un gros rougeaud essoufflé qui ahane péniblement au rythme frénétique de sa cavalière de circonstance. Il n'a gardé que ses chaussettes vertes… Ça sent le Salon de l'agriculture !

— Elle va le tuer, murmure Jean-Pierre.

— Non, chuchote Chemise blanche, dans deux secondes c'est fini. Quand elle est à ce train-là, c'est que le poteau d'arrivée n'est pas loin.

Effectivement, après un dernier soubresaut, elle descend de sa monture sans un mot et se dirige vers la sortie.

— Un plouc, glisse-t-elle à Chemise blanche en passant, mais belle bite. Comme la tienne.

— C'est Reine, fait Chemise blanche en lui écartant galamment le rideau. Une pro.

— Une pute ?

— Non, y a pas de putes ici. Jamais. Que des gourmandes. Mais ça, c'est la Roll's du schboub. Si elle avait reculé d'un mètre à chaque fois qu'elle a pris dix centimètres, elle serait déjà à Vladivostok ! Allez viens, les whiskies sont prêts.

Ils s'installent sur les hauts tabourets du bar, alors que, sur la piste de danse, deux superbes brunes sont enlacées, vêtues seulement chacune d'une chemise d'homme. Elles s'embrassent à pleine bouche en tanguant sur *Hotel California*. Sur la banquette qui borde la piste, les deux hommes qui ont prêté leur chemise bavardent sans les regarder.

— Je vais te paraître idiot, mais c'est quoi au juste ici ?

— C'est elle, d'abord, répond Chemise blanche en montrant Denise qui se dirige vers l'escalier menant à l'entrée.

On a sonné et sur le petit écran de surveillance au-dessus du bar, elle a reconnu celui qu'elle est obligée d'aller accueillir elle-même.

— C'est la femme du patron ?

— Non, la patronne, la seule. Imagine une bonne sœur avec cornette et tout, avec sous la robe de bure un clitoris de deux centimètres, le plus beau de Paris, et puis à la main un fouet pour punir les méchants élèves qui ont mal travaillé au bureau. Voilà, c'est ça Denise : tout l'amour du monde et l'art unique d'accommoder les vices !

— Tu te l'es faite, toi ?

— On ne se fait pas « Maman ». Elle est pas là pour ça. Mais moi, c'est pas pareil. Un autre whisky, Jimmy.

Jean-Pierre est gêné. Aurait-il fait une gaffe ?

— Maman ?... C'est ta mère ?

— Bien sûr que non, abruti, mais tout le monde l'appelle comme ça. Garde-le pour toi, mais c'est moi qui lui ai donné ce surnom. Parce que c'est ça qu'elle est surtout. Une maman qui écoute quand on va pas bien. Une maman qui appelle pas une bite un « pénis ». Une maman qui nous rassure, nous les connus, les « vedettes » comme on dit, parce qu'on ne l'impressionne pas. Parce que ici y a pas de stars. Parce que ici, même habillés, on est tous tout nus.

Jean-Pierre, qui jusque-là appelait Chemise blanche « monsieur », s'enhardit.

— Comme t'es pas une star, je peux t'appeler par ton prénom ?

— Non, appelle-moi « Chemise blanche », je préfère. Et puis quand tu croiseras d'autres vedettes, appelle-les « Bison blanc », « Petite Lune », « Plume d'aigle ». Ce que tu veux. C'est mieux. Ça fait indien. Tu sais comme quand on était minots. De toute façon, faut prendre tout ça comme un jeu de gosses. On joue au docteur, à celui qui a la plus grosse. C'est bien plus innocent qu'on croit chez les cow-boys, enfin, je veux dire, chez les « normaux », ceux qui nous prennent pour des tordus.

— C'est une cour de récré pour grands, c'est ça ?

— Bingo, t'as tout compris... Et la maîtresse d'école, c'est la plus géniale de l'académie.

— Celui-là, c'est quoi son nom d'Indien ? demande Jean-Pierre en montrant l'escalier.

— « Aigle royal ». Normal, une légende de la musique et de la déglingue. T'as du bol, pour ta première.

Denise vient de faire son apparition au bras de « l'oiseau », légèrement titubant, cigarette au bec, évidemment, accompagné de deux jeunes filles ultratendues et d'une beaucoup plus réservée.

— Un 102 ? demande Maman en passant derrière le bar.

— Non, 153, c'est fête, articule avec peine Aigle royal.

Pendant que ses compagnes s'assoient sagement sur la petite banquette de gauche, il s'approche de l'oreille de Maman pour lui glisser en confidence :

— Le petit boudin, elle sait pas dans quel genre de boîte je l'ai amenée.

— Elle va vite s'en apercevoir, réplique Denise, amusée.

— Ça risque d'être chaud, c'est la fille de...

Et il s'approche un peu plus de l'oreille pour que personne n'entende.

— Ça c'est balèze, s'amuse Denise, la prochaine fois qu'il va parler des bonnes mœurs et de morale dans sa campagne électorale, je vais me pisser dessus de rire.

Et Aigle royal va rejoindre, ses trois 51 dans un seul verre à la main, « la fille de »...

Ça durera encore dix bonnes minutes, avant que « la fille de » ne se penche vers lui pour lui demander :

— Qu'est-ce qui se passe sur la piste de danse, il y a quelqu'un qui s'est trouvé mal ?

— On y va voir, murmure celui qui, de toute façon, murmurait toujours.

Il y a un attroupement autour du centre de la piste. Ils fendent la foule pour se retrouver aux premières loges. La musique qui secoue l'assemblée vient de Rio et c'est capital pour bien profiter de la suite.

Brasil... La la la la la la la...

Les deux hommes prêteurs de chemise de tout à l'heure ont chacun sa partenaire sur les genoux, croupes en l'air comme pour la fessée. Eux sont assis à même le sol. Chacun son instrument de percussion.

Le premier joue des tumbas avec une main sur les fesses de son « instrument », l'autre main allant et venant dans le sexe étant censé reproduire le son gémissant de la cuica.

Le deuxième a introduit dans chacun des deux orifices praticables de sa partenaire, une mini-bouteille de Perrier, et à l'aide d'une cuillère à cocktail, se livre à un solo de percussion rythmique :

Brasil... La la la la la la la...

Si on y ajoute Reine, à genoux devant un spectateur et imprimant à sa ixième fellation de la soirée le tempo soutenu de la samba, voilà un tableau musical du plus bel effet.

— Vous êtes un dégoûtant personnage, s'offusque « la fille de », vous m'aviez dit qu'on allait dans un club de musique.

— Et alors ? Il te plaît pas, l'orchestre ? Tu veux pas me jouer un p'tit air de pipeau ?

— Et tu sais quoi ?...

Elle le gifle et prend ses jambes à son cou.

— Tu vois, Denise, ce qui flingue la musique dans ce pays, c'est le manque d'ouverture à la tradition sud-américaine, laisse tomber Aigle royal.

Et puis il repart s'affaler sur sa banquette entre ses

deux gardes du cœur, nymphettes aimables et dociles qui l'inonderont de caresses tout le reste de la nuit.

Sur la piste, la débauche musicale et imaginative a encore grimpé d'un cran. Un homme, musicien professionnel sans doute, a sorti un saxophone et entame un chorus langoureux. Le musicien joue de son instrument et Reine joue du musicien.

La fille « cuica » est à présent offerte aux assauts d'une demi-douzaine d'hommes en sueur. Une farandole de sexes la pénètre, l'inonde. Elle caresse, s'offre, déguste dans un déchaînement de râles.

Un qui se régale, c'est Jean-Pierre. Il dira à Chemise blanche en guise de conclusion :

— C'est un peu ce qu'on m'avait dit… en mieux.

— Et encore, t'as pas tout vu.

— Il y a encore plus étonnant ?

— Oui, mais le plus étonnant ne se voit pas, il se devine… Le plus étonnant, c'est pas leurs culs, leurs bites, leurs démesures. Le plus étonnant, c'est leurs âmes. Ce qui les pousse à être là et à oser ce qu'ils osent. Le plus étonnant, c'est quand ils éjaculent du désespoir. Le plus étonnant, c'est la déclaration d'amour muette que le mari fait à sa femme, les yeux dans ses yeux pendant qu'un autre la prend. Le plus étonnant, c'est les ondes de Maman, protectrice et passionnée, sans qui cet endroit ne serait qu'une boîte de cul ordinaire. Avec elle, c'est sucré, chaud et doux. Le 106, mec, c'est pas une boîte, c'est une bonbonnière !

Ce soir-là, Jean-Pierre s'allongera dans le lit de son petit hôtel, la tête pleine de dentelles, de seins lourds, de sexes offerts. Il se repassera en film lent les étreintes, les croupes, les visages en sueur. Les yeux fermés, il commencera une lente masturbation. Son sexe, fatigué, aura du mal à se dresser. Ce n'est qu'à l'évocation de Denise qu'il retrouvera toute sa vigueur. Il s'imaginera la prenant sur le bar. Et c'est au moment où il se la dessinera l'engloutissant de toute sa bouche qu'il jouira très fort.

Ce qu'il ne saura pas, c'est qu'au même instant, Denise est en train de se caresser en s'inventant qu'il la transperce !

Car aussi étrange que cela puisse paraître, il arrive très souvent à Denise de se donner du plaisir quand elle rentre, en fantasmant sur ce qu'elle se refuse absolument à faire dans le Club pour ne pas perdre l'autorité qui lui est nécessaire. Il est hors de question qu'au travail elle s'offre à une horde d'hommes et de femmes qui en feraient leur jouet sexuel. Question de principe et de survie du Club. Mais souvent, elle en crève d'envie. Alors, elle aussi, elle enregistre les images pour se repasser le film au chaud de son lit, pendant que ses doigts caressent habilement son ventre brûlant.

Cela paraît incroyable, et pourtant c'est vrai. C'est comme ça. C'est Denise.

VI

Nuit d'ivresse… rêve-party

Les médecins du Samu courent dans le petit escalier de l'immeuble de la rue Marmontel. Les pompiers sont déjà là. Un médecin qui habite à deux pas aussi.

— C'est terrible, monsieur Julien, terrible, madame Denise qui est si gentille. Qu'est-ce qu'il dit, le docteur ?

— Il dit qu'elle est dans le coma, qu'il ne peut pas se prononcer, ils vont l'amener à l'hôpital Vaugirard.

Au moment où les gars du Samu descendent prudemment la civière dans l'escalier de la rue Marmontel, l'image qui habite le coma de Denise grouille de travestis, de policiers, de serpentins, de champagne, de menottes. Un bal masqué ou quoi ?

Mais oui, elle se souvient… Forcément, ça peut pas s'oublier, une folie pareille. C'était l'été 1982.

En juin 1982, le 106 n'a que six mois d'existence et déjà une solide réputation.

Non seulement le Tout-Paris médiatique et cinématographique s'y précipite assez régulièrement, mais les équipes de sportifs et les professionnels des Salons ont colporté sa réputation des bords de l'Adour aux contreforts du Jura.

Et c'est quoi, cette réputation ?

Eh bien, chez Denise, pas besoin de venir systématiquement en couple. C'est ça, la différence entre club libertin et club échangiste. Des couples, il y en a, bien sûr, et très heureux d'y être. Mais on y trouve aussi des jeunettes délurées. Des vieilles célibataires endurcies prêtes à l'emploi. Des romantiques éthérées en mal de contrastes. Des petites journalistes débutantes venues soi-disant se rendre compte par elles-mêmes du phénomène, finissant par participer dans l'unique but de certifier leurs conclusions, ben voyons ! On y trouve un ou deux travestis. Des jeunes actrices en plein casting.

Tu parles d'une aubaine pour le célibataire de passage, ou le supporter du vendredi qui demain va hurler « Allez les bleus ! » au parc des Princes.

Dans la droite ligne des goûts féministes et égalitaires de Denise, on y trouve aussi de magnifiques petits sportifs à disposition.

Des acteurs de renom qui font saliver la midinette à la moindre évocation de leur dernier film.

On y trouve, le sauvage, le tendre, le drôle. Certaines y trouveront même un mari. Et bien plus nombreuses que l'on ne croit.

Une d'elles choisira même de célébrer sa nuit de noces dans les lieux.

Elle arrivera en musique dans sa robe immaculée au bras de son époux, le disc-jockey ayant exceptionnellement déniché une marche nuptiale disco pour la circonstance.

Et elle recevra en guise de cadeau de mariage une équipe de rugby, au complet, plus les remplaçants, allongée sur le bar !

Autant dire que ce genre d'exploit résonne encore à mots couverts dans mille arrière-salles de bistrots du Languedoc ou de la Côte basque.

Mais ça résonne aussi aux oreilles de la police.

Attention, dans tous ces agissements, il n'y a rien d'illégal. C'est fait entre adultes consentants, sans contrepartie financière, si ce n'est le prix des consommations absolument en règle avec les pratiques de tout club de nuit. Mais la luxure a ceci de particulier, que même si ce n'est pas un péché condamné par la loi, il l'est par la morale.

— Tu parles d'une hypocrisie ! confie un soir Maman à Ours blanc, un acteur de renom. Quand, dans ton film, vous niquez à trois, ça devient un chef-d'œuvre, et même *Télérama* en dit du bien au nom de la créativité romanesque et de la dénonciation rebelle, mais quand ça se passe en vrai, la bonne société m'accuse de débauche perverse et nocive en demandant ma fermeture. Pourtant, je fais bien moins d'entrées que toi !

— Laisse pisser, Maman, c'est des cons, lâche Ours blanc en s'enfilant un demi d'une main et caressant de l'autre la nuque d'une délicieuse qui lui aspire le pistil.

Et il poursuit, à l'intention de la gourmande :

— Eh ben, ma caille, te r'lâche pas. C'est pas parce qu'on cause éthique avec Maman qu'il faut que tu négliges l'application. Faudrait voir à desserrer l'étau, j'vais finir avec des rayures de casserole !

— Quoi ? dit-elle en relevant la tête, apparemment insensible aux métaphores audiardesques.

— Tu mets les dents, ma poule.

Et Ours blanc éclate d'un énorme rire.

Il n'est pas le seul acteur présent ce soir-là. Il y a aussi Cheval du désert, un habitué et surtout ami intime de Maman. Et puis il y a aussi Petit Dieu de la jungle, le plus beau de tous. À se demander ce qu'il vient chercher, celui-là ! Comme dit Ours blanc :

— Il n'a qu'à se baisser pour les cueillir. En ce moment, y en a au moins un million en France, qui seraient prêtes à larguer mari et enfants pour le suivre n'importe où.

Et Petit Dieu de la jungle répond :

— N'importe où, j'y suis, et j'y suis bien. J'ai besoin de personne pour m'y accompagner. Du moment que Denise me surveille les états d'âme, il peut pas m'arriver grand-chose.

— Dis, Maman, je peux dormir chez toi cette nuit ? glisse Ours blanc.

— Tu sais bien que oui, même si tu dois me ruiner encore une fois le canapé, mais je te préviens, on baise pas. Ce sera pas la peine de me la faire à la tendresse, chien perdu sans collier et tout.

— Si je rentre chez moi, ma femme va encore réveiller les gosses pour dire : « Regardez votre père dans quel état il est. »

— Tu vois, tu commences. Allez viens au fond, on va parler.

Et c'est comme ça si souvent. Alors, ils parleront, et il pleurera. Et puis, elle appellera Reine qui finira le boulot autrement.

Et en passant devant le bar, en essuyant de la main le liquide qui coule encore un peu à ses lèvres, Reine lancera son célèbre :

— Ça lui fera ça de moins à chialer !

Donc, Denise dérange. Les autres boîtes d'abord. Celles pour qui les « people » sont un gagne-pain, vu qu'elles peuvent se faire de la pub sur leur dos en publiant des photos d'eux dans leurs carrés VIP.

Denise, elle, ne risque pas de faire ce genre de pub.

C'est peut-être aussi pour ça qu'ils viennent. Discrétion assurée !

Et puis Denise, en ce mois de juin 82, dérange un homme. Un flic. Pas un de ces petits inspecteurs zélés qui font chier par principe, mais dont le pouvoir s'arrête à un coup de règle sur les doigts par leur chef adoré. Non, là c'est un gros. Un ponte. Il a décidé de faire fermer tous les lieux de débauche. Un assainisseur.

Il en débarque un comme ça de temps en temps dans les petites villes de province. Un Monsieur Propre. Un qui fait aligner les bistrots à deux heures une, quand la fermeture est à deux heures. Un qui traque la pute d'occasion en la menaçant de lui retirer ses gosses.

Mais un qui ferme évidemment les yeux sur les trafics des notables affairistes, avancement oblige.

La pire des races. Mais qui ne dure guère longtemps.

Au début, les politiques soutiennent, comme ça pour le principe de tranquillité. Et puis, il arrive toujours un moment où, sous le lièvre soulevé, il y a des traces de maire ou de député. Alors là, mutation. Mais le temps que ça dure, ça en emmerde, du monde.

Le Monsieur Propre de Denise s'en est déjà pris au Roi René et au Cléopâtre. Il n'y a pas trente-six solutions pour faire tomber une boîte de ce type. Soit la fraude, soit la prostitution.

Maman ne donne ni dans l'une ni dans l'autre.

Qu'importe ! Aux yeux de Monsieur Propre, elle est coupable. Coupable de débauche, d'atteinte à la morale de la société.

Car elle est ainsi, la société des années 80. Même si Mai 68 est passé par là, même si la gauche est arrivée au pouvoir, la sacro-sainte morale est toujours là, insidieuse et tellement faux cul. Vendre des armes, oui, du plaisir, non. Avec cette hypocrisie récurrente en ce qui concerne toutes les choses du sexe.

La prostitution est autorisée, mais le racolage est interdit. Nuance. Mais quelle nuance ?

Parce que, même s'il ne me dit pas « Tu viens, chéri ? », je me doute bien que le travesti du Bois avec les seins à l'air et la bite qui pend, il attend pas l'autobus !

Il y a un travesti qui a même affirmé un jour à Chemise blanche, et ça s'est avéré exact, qu'il avait pris une amende de 500 francs dont le motif était noir sur blanc écrit sur la contravention : « Promenade en sous-bois en tenue déguisée en dehors des périodes de carnaval. »

Si ça c'est pas de l'hypocrisie haut de gamme !

Mais la plus belle histoire authentique qui résume assez bien les rapports hypocrites que pouvaient avoir à l'époque les travestis du Bois avec les flics qui traquaient leurs racolages, c'est l'aventure qui était arrivée à Fernanda, « une » Colombienne superbe montée comme un cheval du Mexique. « Elle » était en train de se faire sodomiser par un client dans sa voiture lorsque arriva une voiture de police. La suite, c'est Fernanda qui raconte :

— Lé flic, il é sorrrti dé sa auto, y a ouvert mi porrtièrrre, é y m'a soucé la bita, sans mé dirrre rrrien. Et y é parrrti. Alorrrs, lé client derrrièrrre, y a dit : « Y'aurrrai plou yamais confiance en la policia. »

Certifié authentique. Alors, la morale policière, hein !

Enfin, quels que soient les faux-semblants de l'époque, au 106, pas d'hypocrisie. Quand on veut s'éclater, on oublie la morale.

Et, ce soir de juin 1982, Denise devait organiser une soirée privée pour un client qui voulait la boîte rien que pour lui. Il amènerait son monde. Il y aurait beaucoup de travestis, justement. Il demanda à Denise d'informer de son côté quelques amis que, s'ils voulaient participer à la fête, ils seraient les bienvenus.

— J'espère que ça se passera mieux qu'avec moi, ne put s'empêcher de lui rappeler Chemise blanche dans un grand éclat de rire.

C'est vrai qu'un mois auparavant, Chemise blanche l'avait prise à part un soir qu'il était de sortie avec Capitaine abandonné, le navigateur :

— Dis, Maman, je veux faire plaisir à des potes. Lundi, comme t'es fermée, organise-moi une petite soirée privée. Un petit buffet. Et une dizaine de « chaudes ».

— Attends, grand, pour le buffet je peux, mais tu sais, je fais pas dans la pute, les filles qui risqueraient de venir, le lundi elles récupèrent du week-end. Si tu veux des putes, tu vas en trouver, mais il faut t'adresser ailleurs. Moi c'est que des bénévoles. Mais un lundi, je te dis tout de suite, mission presque impossible.

Chemise blanche l'embrassa alors tendrement dans le cou.

— S'il te plaît, Maman, fais le max… Une dizaine, pas plus, on sera autant de mecs.

— C'est bien parce que je t'aime, toi. J'essaie, mais je promets rien.

Et le lundi, quand Chemise blanche arriva, le buffet était superbe et elles étaient là, harnachées de sous-vêtements tous plus suggestifs les uns que les autres.

— Il n'y en a que huit, s'excusa Denise.

— Pas grave, on sera que sept.

Elles papotaient, jetant de temps en temps un œil chaud comme de la braise à Chemise blanche.

Quel pied ça allait être ! Des bénévoles, un lundi. Ça aurait été des putes, bon, boulot, boulot. Mais là des motivées, des authentiques. Vite que les potes arrivent !

Le téléphone sonna six fois en une demi-heure. Six

fois, c'était un pote qui s'excusait de ne pas pouvoir venir, même Capitaine abandonné, c'est dire !

Et plus le temps passait, plus l'alcool chauffait les filles, plus les jupes remontaient, plus les petites conversations se transformaient en éclats de rire. Et plus Chemise blanche devenait de la couleur de sa liquette. Un grand moment de solitude. Huit hyènes, chauffées à blanc, qui passaient leur temps à lancer :

— J'espère que ça va être énorme, parce que me faire déplacer un lundi ! Faut vraiment que ça soit pour toi.

— On commence quand ? Il a faim, mon minou !

— Ce soir, je vais tous les exploser, j'ai pas baisé depuis une semaine.

Jusqu'au fatidique :

— Si tes potes viennent pas, compte pas qu'on reparte à vide.

Oh, au dernier moment, il y en a bien un qui, après s'être décommandé, s'était « recommandé ». Mais même en se démultipliant, ils n'eurent droit qu'à une sentence d'une extrême rigueur de la part de la plus chaude :

— Pour une fois qu'il y avait plus de poissons que de cannes à pêche, quelle honte ! On vous filmerait même pas pour « Histoires naturelles ». D'ailleurs c'est l'heure, je vais aller le regarder. Tu parles d'une baise de merde !

C'est peut-être en souvenir de cette Bérézina que Chemise blanche se décommanda la veille de la soirée privée aux travestis de juin 82.

Et il fera bien, vu sa notoriété. Parce que si la soirée commença dans une fabuleuse ambiance de fête et dans un décor de serpentins, elle se termina dans des lieux plus austères.

Par qui Monsieur Propre avait-il eu vent de cette soirée ?

Toujours est-il que, vers une heure du matin, une

bonne vingtaine de policiers de la Brigade des mœurs fit irruption.

— Police, contrôle d'identité.

— De quel droit ? C'est une soirée privée, tout à fait légale, s'indigna Denise.

— Ça, ma petite dame, on verra après.

Et c'est là que, ce qui ressemblait à *Borsalino* se transforma en *Mon commissaire chez les nudistes*.

Parce que l'arrivée des policiers n'avait absolument pas stoppé les étreintes diverses.

On vit des acharnées tendre d'une main leurs pièces d'identité, tout en continuant de l'autre une masturbation vigoureuse.

Des cavaliers pour qui il était hors de question de descendre de leur monture avant l'arrivée.

Et on entendait, mélangés dans une cacophonie délicieuse, des « Maintenant, ça suffit », criés par les hommes de l'ordre, et des « Continue, encore, encore », hurlés par des femmes en désordre.

Après vingt bonnes minutes d'orgasmes, de rires, de rébellions et de commandements, les contrôlés qui avaient leurs papiers furent priés de quitter les lieux.

Quant aux malchanceux qui ne les avaient pas, ils furent embarqués dans des fourgons, direction le 36, quai des Orfèvres.

C'est Monsieur Propre, lui-même, qui se chargea de convoyer Denise, la dernière à quitter les lieux.

Dans la voiture de police qui l'emmenait, elle ne put s'empêcher de lui demander, les yeux dans les yeux :

— Pourquoi vous vous acharnez ? Chez moi, il n'y a pas de came, pas de prostituées, pas de voyous. Je fais du mal à qui ?

Il ne lui répondit pas, se contentant de dire à son collègue :

— Au 36, ils doivent moins faire les malins.

C'est ce qui s'appelle (et, pour un policier, c'est inquiétant) ne pas avoir de flair.

Parce que arrivé Quai des Orfèvres, il eut l'extrême contrariété de s'apercevoir que les festivités continuaient.

Pas plus gênés qu'au Club, les fêtards avaient remis ça de plus belle !

Ils continuaient à baiser dans les couloirs. Et ça rigolait, et ça chantait.

On se serait cru dans le plus chouette des San Antonio. Inoubliable !

Ça aurait été un souvenir grandiose si Denise n'avait pas été remise, par la suite, aux mains des bonnes sœurs chargées de s'occuper d'elle, dans une cellule sinistre. Elles furent ignobles, lui faisant payer cher la débauche diabolique qu'elle représentait.

Depuis cette nuit-là, (même si par la suite elle fut blanchie de toutes les accusations, et que Monsieur Propre ne trouva aucune infraction pour la faire condamner), elle eut toujours du mal à associer les mots « charité » et « chrétienne ».

Elle a bien l'intention, d'ailleurs, d'en parler à Dieu, puisque malgré tout elle y croit, le jour où il décidera de la rappeler à lui.

Est-ce que ce jour est un beau matin de mai 1985 ?

Entre le moment où elle est entrée dans le parking et le moment où l'ambulance la transporte, toujours inconsciente, toutes sirènes dehors, à l'hôpital de Vaugirard, le soleil a réchauffé Paris.

Dans le défilé des images de sa vie aussi, il fait chaud. Puisque vient de s'imprégner dans ses yeux son plus beau soleil, son bonheur le plus lumineux : Sacha.

Sacha… Trois ans déjà.

VII

Plumes d'Indiens… flèches brisées

Denise s'était réveillée triste en ce jour d'octobre 1982. C'était exceptionnel. Quelles que soient les couleurs du jour, gris pour le temps ou rouge pour le compte en banque, Denise se levait toujours de bonne humeur, surtout quand elle s'était endormie après avoir joui à en hurler. Et cela avait été le cas. Une superbe métis aux seins magnifiques qu'elle avait ramenée à la maison. Une fille douce et sauvage qui avait passé deux heures la bouche collée à son sexe et qui l'avait fait exploser une demi-douzaine de fois. Et puis au dernier orgasme (le meilleur, parce qu'il se confondait avec le sommeil qui l'envahissait), la sublime lui avait donné un dernier baiser tendre sur le front puis avait disparu sans un mot.

Denise, qui depuis longtemps alternait hommes et femmes au gré de ses envies, avait une tendresse particulière pour ces passantes de fin de nuit. Elles étaient bien plus reposantes et efficaces que ces mâles persuadés que la vigueur et la performance étaient forcément gages de plaisir.

L'avant-sommeil avait été délicieux d'extase, donc elle aurait dû se réveiller heureuse et détendue.

Mais, hélas, elle avait encore en mémoire les derniers

mots de Chemise blanche, ce matin vers sept heures, à la fermeture du Club :

— J'en peux plus, Maman... Je suis au bout.

La soirée d'hier avait pourtant bien commencé. Un groupe d'une dizaine de joyeux et de joyeuses avait allumé le feu vers minuit et demi, avec un gang bang de toute première qualité.

Le gang bang est une pratique occasionnelle qui offre le double avantage de déclencher une convivialité rare et une économie non négligeable de préservatifs.

La plus féline de la bande avait entamé, sur la piste de danse, un strip-tease torride, qu'elle avait poursuivi en rampant dans les positions les plus indécentes. Et là, une dizaine de garçons étaient alors venus se mettre en cercle autour d'elle. Chacun avait sorti son sexe et ils s'étaient tous masturbés sur elle. C'était ça le gang bang.

Ce n'était pas fréquent, mais quand cela se produisait, c'était aussi une façon d'associer l'art du nettoyage et la débauche, puisque c'était l'aspergée qui était de corvée pour redonner à la piste sa propreté première.

Le sirop de corps d'homme se révélant être une encaustique de toute première qualité.

Chemise blanche, assis au bar, avait suivi ça de loin avec un sourire narquois.

— Quel gâchis !

— C'est vrai que ça en fait de la marmaille gaspillée, avait surenchéri Mérou de Tahiti, le chanteur gentil. Si ça se trouve, il y avait peut-être le futur Einstein ou le futur Yehudi Menuhin dans la dernière giclée.

— Je te parle pas des spermatozoïdes, je te parle de la manière. La masturbation, ça doit rester un truc de solitaire. La masturbation, c'est un art. Tu veux même que je te dise, la masturbation, c'est le huitième art ! Faudra que je fasse un texte là-dessus.

— Chiche, mais alors en vers.

— Chiche, fit Chemise blanche en lui tapant dans la main. Tiens, j'y vais tout de suite. Denise, donne-moi du papier et un crayon, je vais écrire dans ma voiture.

Et il partit s'enfermer dans sa Mercedes garée devant l'église de la rue Saint-Honoré, pour tenter, en vers, de rendre un hommage vibrant au plaisir solitaire.

Entre-temps arriva Poney timide. C'était un acteur très à la mode, au physique particulier et à qui la réserve et les gestes empruntés donnaient tout son charme. Mais Poney timide avait une phobie bien gênante dans un tel endroit. Il était terrorisé à l'idée d'attraper la moindre maladie. Et ce, au point que les rares fois où il se permettait une audace sexuelle au 106, il s'entourait de précautions d'une naïveté amusante. De plus, sa timidité maladive le poussait chaque fois à se réfugier dans les toilettes pour passer à l'acte.

— Tu sais bien que c'est pas la règle, le sermonnait Maman, un jour, il y aura un mari qui va mal le prendre.

Elle avait raison. La règle était claire pour les maris : « Je veux bien qu'on me la baise, mais je veux y assister. »

Dans ce domaine-là, la mentalité avait beaucoup évolué depuis les années 70.

Dans les toutes premières heures, l'échangisme, c'étaient surtout des maris qui traînaient leurs femmes en ces lieux, sous prétexte de ressouder le couple, dans le but surtout (non avoué) de s'en taper une autre. Ou bien de voir leur femme s'accoupler avec une autre femme.

Cela donnait des couples hésitants qui se toisaient timidement pendant de longs instants.

Et quand enfin l'échange se faisait, on voyait deux

hommes égrillards s'échiner sur deux femmes à peine enthousiastes.

Et puis chacun repartait dans son coin, eux les couilles allégées, et elles le cœur un peu plus vide.

On sentait presque à chaque fois que le mari se régalait de cette aventure partagée, avec toutefois une réserve d'orgueil qui l'empêchait de se réjouir totalement de l'éventuel plaisir qu'aurait pu prendre sa légitime. En clair : « Baiser l'autre, oui. Faire baiser la mienne, d'accord, puisque c'est la règle. Mais pas de gaieté de couilles ! »

En quelques années, les choses avaient beaucoup évolué. La société y était pour beaucoup. Les hommes s'étaient « désenorgueillis », et les femmes libérées. Et ça, ce n'était pas pour déplaire à Denise, la féministe.

Il n'était pas rare que ce soit désormais les femmes qui amènent leurs maris dans ces endroits. Parfois même, le mari ne faisait plus rien, se contentant d'assister au plaisir de sa femme.

C'était un changement radical qui donne un réel éclairage sociologique sur la manière dont avaient évolué les rapports hommes-femmes dès le début des années 80.

Il était loin, le temps des parquets de bal où la jeune fille timide désamorçait les avances des dragueurs par le traditionnel : « Je danse pas, je garde le sac de ma copine. »

Là, c'était elles qui commençaient à inviter les mecs à danser.

Pour se rendre compte du pas franchi, il n'était que de s'immiscer dans une conversation de filles. Ça ne parlait presque exclusivement que des hommes et de la manière dont ils faisaient ou ne faisaient pas l'amour. Avec des détails et des mots à faire rougir un charretier.

C'est à cette époque que les hommes, délestés de leur priorité de choix, commencèrent à perdre un peu les pédales.

Une évidence (qui allait faire des milliers d'esseulées et autant d'homosexuels) commençait à pointer le bout de son nez : les hommes avaient peur des femmes !

Ça, c'était la tendance générale. On en reparlera un peu plus tard. Mais revenons au 106 et au particulier.

Poney timide se brancha donc au bar avec une jeune femme, et au bout d'une demi-heure de palabres, réussit (sans mal) à la convaincre d'avoir un petit moment de plaisir dans les toilettes.

— Je ne sais pas si mon mari va apprécier, murmura-t-elle en lorgnant vers la piste où ledit mari était tendrement enlacé à une liane africaine.

— C'est qu'il y a dans la salle un ami de ma fiancée dont je ne suis pas très sûr, mentit Poney timide.

— Elle ne sait pas que tu viens ici ? demanda la jeune femme.

— Si, mais je lui dis que je viens juste boire un verre, parce que ici personne ne me pourrit la soirée en me parlant de mon métier, mentit-il à nouveau. De toute façon, c'est dans les toilettes ou pas du tout.

Partagée entre l'idée de trahir un peu la règle du jeu et l'envie de connaître intimement celui dont elle appréciait l'immense talent à jouer les petites frappes dans les films de gangsters, la jeune femme se laissa finalement entraîner à l'entresol dans les toilettes pour dames.

Là Poney timide annonça tout de suite la couleur :

— Tu vas juste me lécher les testicules.

Il n'avait même pas osé dire « couilles ».

— Quoi ! fit la jeune femme, surprise.

— Tu sais, avec toutes ces maladies, faut pas

prendre de risques. Tu vas me masturber en me léchant les testicules, c'est plus prudent pour tous les deux.

La jeune femme le regarda avec un sourire contrit. Elle qui rêvait d'une troussée somptueuse se retrouvait très ennuyée par cette proposition bâtarde. Elle s'en tira par un définitif mais sincère :

— Désolée, mais je fais pas les couilles !

Elle le dit en s'excusant, sans brutalité. Et en plus c'était vrai. Elle détestait ce genre de caresse où on se retrouvait une fois sur deux avec un poil au fond de la gorge qu'on mettait un temps fou à déloger.

Poney timide se résigna en s'excusant de sa demande incongrue, mais lui demanda d'échanger encore quelques baisers.

— Ça, on peut le faire au bar, proposa-t-elle.

— Non, j'aime bien l'intimité qu'on a là, d'ailleurs on va éteindre, ce sera plus romantique.

Il avait menti sa dernière phrase avec une telle sincérité qu'elle le crut et alla même jusqu'à s'imaginer qu'un sentiment bien plus important à son égard habitait Poney timide. En fait, il avait menti par forfanterie. Qu'auraient pensé Mérou de Tahiti et Cheval du désert, qui l'avaient vu partir accompagné aux toilettes en l'inondant de clins d'œil complices, s'il était ressorti au bout d'une minute ? Qu'elle avait refusé, qu'il n'avait pas pu… Non, il fallait sauver la face !

Au bout de dix minutes d'embrassade à s'en détartrer les canines, il sortit, le sourire aux lèvres, et regagna le bar.

— Alors ? fit Nuage sombre, un autre acteur qui venait d'arriver.

— Alors, top de chez top, un avion.

— Je vais peut-être me brancher.

— Laisse tomber, elle m'a dit qu'elle avait le compte, mentit-il une fois de plus.

Et, bouquet final de sa fable, il ajouta :

— Je crois qu'en plus, j'ai tellement donné que je lui ai fait mal. Ce serait risqué pour sa santé.

Mérou de Tahiti, Cheval du désert, et Nuage sombre se mirent à applaudir à tout rompre.

— Déconnez pas, les mecs, fit Poney timide en rougissant de honte et de crainte… Allez, ça suffit. En plus, elle est en train de parler à son mari et il mate par là… Jimmy, un baby s'il te plaît… Euh, non, plutôt un double…

— Ça t'a drôlement bougé, tu trembles encore, remarqua Denise.

En fait, Poney timide commençait à trembler de trouille. Même de loin, il avait bien situé le mari : 1,90 m, le quintal et une tête que, même si tu le croises la nuit avec un panier de montres, tu lui demandes pas l'heure, comme disait Chemise blanche.

Le double whisky arriva en même temps qu'une grosse main se posait sur son épaule.

— Pardon, c'est vous qui étiez avec ma femme dans les toilettes, il y a cinq minutes ?

— Euh, non… ben… oui, murmura Poney timide.

Denise vint s'interposer calmement :

— Allons, allons, du calme.

— Ah ! mais tout va bien, fit l'homme avec un grand sourire. Ne vous inquiétez pas. En fait, je vous aime beaucoup, j'ai adoré le dernier film, vous savez quand Depardieu vous dit…

— Bon, et alors ? abrégea Poney timide, enfin soulagé.

— Ben voilà, je voudrais m'excuser.

— Ah bon ? fit Poney timide, interloqué.

— Ben, ma femme m'a raconté qu'elle avait pas voulu vous faire les couilles. Excusez-la, monsieur, mais moi elle me les fait pas non plus !

Pour ceux qui considèrent la vie comme une symphonie classique, ce moment-là ressemblait à du Mozart. Et comme le veut l'adage, le silence qui suivit fut aussi du Mozart.

C'est dire si la soirée était belle : un gang bang de haute tenue, et une anecdote royale qui resterait parmi les plus délicieuses que connaîtrait le 106.

Et ce n'était pas fini !

La boîte était à présent copieusement remplie. Ça dansait, ça riait, ça baisait. Denise allait et venait de la piste aux tables, du bar à l'entrée. De temps en temps, elle prenait par la main un couple hésitant pour les amener dans la pénombre du coin « câlins ».

— Allez, amusez-vous. N'ayez pas peur. Et surtout toi, en s'adressant à l'homme, laisse-la faire tout ce qu'elle veut, ici la femme est reine.

Chemise blanche était revenu, tenant à la main comme un trophée deux pages noircies de texte.

— Ça parle de quoi ? demanda Nuage sombre.

— De branlette, rétorqua Mérou de Tahiti.

— Pardon monsieur, de masturbation, fit semblant de s'offusquer Chemise blanche. N'affublez pas de vils synonymes un acte si merveilleux tant il est nimbé de brumes d'absolu que seuls les esthètes de réelle liberté sexuelle peuvent apprécier à leur juste valeur.

— Je peux lire ? fit Denise, curieuse.

— Ah ! non, s'écria Mérou de Tahiti, qu'il déclame. Arrêtons la musique et écoutons religieusement.

On demanda au disc-jockey d'arrêter la musique, pour laisser la place à la poésie. Barry White fut donc réduit au silence, et rameutés par Mérou de Tahiti, les fêtards s'installèrent sur la piste, assis en tailleur.

Quelques râleurs bien sûr protestèrent un peu et Denise se fit tribun :

— Que ceux qui ne sont pas d'accord s'en aillent ou

partent s'enfiler dans la pièce du fond. Dans « libertin » il y a « liberté ». Il y a des moments pour tout. Un peu de poésie ne fera pas de mal à certains. On n'est pas là que pour s'enculer !

Quelle belle introduction aux mots choisis qui allaient suivre. Ronsard, quand tu nous tiens !

Et Chemise blanche se dirigea vers son public pour déclamer ce texte que Denise gardera toujours caché au fond d'un tiroir, comme un trophée de guerre.

C'est au moment précis où l'ambulance se gare devant l'hôpital Vaugirard que s'imprime dans ses yeux l'image de Chemise blanche debout au milieu de la piste, son texte à la main. Les portes s'ouvrent et les infirmiers la sortent avec précaution. Et le chariot commence à traverser à vive allure les longs couloirs. Le temps qu'elle soit en salle de soins intensifs, Chemise blanche aura récité son œuvre jusqu'au bout.

— D'accord pour la poésie, mais il faut qu'il se branle en même temps, lança une petite brune pétillante.

— Et qu'il décharge avant la fin, ajouta la copine qui la tenait par le cou.

— J'offre une coupe à tout le monde s'il y arrive, surenchérit Mérou de Tahiti, sinon c'est pour lui.

— Vendu, fit Chemise blanche, en dégrafant son pantalon et en prenant l'objet dans sa main.

Et il ajouta, le ton solennel :

— Je vous demanderai de ne faire aucun commentaire, déjà que ça va pas être facile.

Il se concentra quelques instants, comme un sportif au départ d'une course, et attaqua à la fois le texte et une masturbation lente mais vigoureuse.

Sentir entre ses doigts en monter un sixième,
Sans même être obligé de murmurer « Je t'aime »
À une maladroite qui ne sait même pas
Que si l'on serre trop fort le plaisir ne vient pas.
Être seul maître à bord et diriger son mât,
Viser le port qu'on veut, l'île qu'on choisira,
S'inventer des sirènes venues de Nouméa
Des orientales nues aux parfums de là-bas.
D'abord, fermer les yeux et prendre bien ses aises.
D'ailleurs si j'étais vous, j'éviterais les chaises.
Je ne fais pas confiance à l'ébénisterie :
Le moindre soubresaut c'est la chute et les cris.
Allez donc expliquer à l'épouse accourue
Ce que vous faites là, affalé, presque nu.
Vous aviez prétexté d'aller lire au salon,
C'est dur à expliquer sans passer pour un con !...

À ce stade-là, l'érection de Chemise blanche était impeccable, ce qui n'était pas un mince exploit.

Non, pour ce plaisir-là, il est bien d'autres lieux :
Un petit lit douillet, un canapé moelleux.
Ou pour les acharnés l'auto en conduisant
Mais en évitant bien d'y coincer le volant.
D'abord se concentrer, s'inventer des images.
Il est mieux sur un corps de poser un visage,
Car un cul n'est qu'un cul, ils se ressemblent tous,
C'est au propriétaire que le désir vous pousse.
La femme, par exemple, de son meilleur ami,
Ce qui est dans la vie tout à fait interdit.
Mais là juste en rêvant il n'y a pas trahison

Et si en plus demain ils viennent à la maison,
Alors là le plaisir est à double détente.
Car lorsqu'elle vous dira avec sa voix charmante :
« Tu as les yeux cernés, tu as l'air fatigué »,
Vous penserez : « Ma belle, c'est que j't'ai trop niquée… »

Il y eut des rires.

— S'il vous plaît, retenez-vous jusqu'à la fin. Si vous rigolez, j'y arriverai pas. Et il reprit.

On peut aussi rêver de l'impossible étreinte,
Une star, une actrice, pourquoi pas une sainte.
Enfin quoi qu'il en soit, baisez qui vous voudrez
Là, vous n'aurez jamais de pension à payer.
Car il est là aussi le plaisir inouï
De n'avoir pas après à régler le taxi.
Pas de frais de resto, de bijoux chez Cartier,
Ou pour les moins aisés, pas de bière à payer.
Pas le sourire narquois du divorce à l'amiable
Où elle prend la télé, la voiture et la table
Et quand vous lui lancez : « Là, tu m'as bien baisé »,
Elle répond amusée : « Fallait pas commencer. »
Mais bien plus important que ces basses raisons
Il y a d'autres avantages à la masturbation,
La mycose évitée, La bléno impossible
L'argument avouez le plus irréversible.
Mais pour moi le plaisir le plus irréfutable
Qui fait de ces pratiques un bonheur impeccable
Est l'extrême silence qui suit l'achèvement.

Personne pour vous dire : « Alors, c'était comment ? »

Personne pour oser dire : « Recommençons… »

Là, on sentit que la fin du texte était proche tant le rythme « masturbatoire » s'accélérait… Le souffle devenait plus saccadé.

… Car les filles n'ont pas les soucis des garçons,
Aussitôt terminé elles sont prêtes à l'emploi.
Nous, il nous faut du temps pour réchauffer tout ça.
C'est pourquoi quand j'ai eu tout mon contentement,
Je la laisse dormir, je lui laisse le temps.
Et je ne lui crie pas comme il m'est arrivé :
« Allez, debout les morts, c'est l'heure de se lever… »

La sueur commençait à couler au front de Chemise blanche. Le visage se crispa. Le va-et-vient de la main était d'une rapidité étonnante.

… Oh ! bonheur absolu, liberté de jouir
Au moment que l'on veut, avec qui l'on désire,
Masturbation chérie, tu resteras toujours…

Une dernière accélération… Les spectateurs retenaient leur souffle… Et puis :

Ma forme préférée des choses de l'amour… Ouiiii !

Et le jet libérateur déclencha un tonnerre d'applaudissements.

Barry White reprit la main pendant qu'on le congratulait.

Et, comme il fallait bien rire encore, Mérou de Tahiti offrit une coupe pour tout le monde. Une… Avec trente pailles !

— Une coupe pour tout le monde, c'est ce que j'avais promis !

Et Mérou de Tahiti et Chemise blanche savouraient à peine ce nouveau fait d'armes que déjà naissait, dans leur esprit farceur, l'idée d'un nouveau défi, que d'ailleurs ils réalisèrent la semaine suivante : « les jeux Olympipes » !

Avec de vraies épreuves, dont je vous laisse imaginer le déroulement :

Le « Quatre fois sans mettre les mains », le « Saut à la Verge », le « Lancer du poil », etc.

Les heureuses gagnantes auxquelles ils avaient promis une brique pour la première et cent sacs pour la seconde encaissèrent ce qui était dû : un moellon et cent sacs plastique.

C'était ça, le 106. Tout pouvait arriver.

Du hard, du tendre, de l'étonnant, du bizarre, du douteux, du drôle, mais toujours cette sensation merveilleuse que la société avait laissé ses codes les plus contraignants à l'entrée.

Maman ce soir-là avait, une fois de plus, joué presque tous ses rôles : patronne, entremetteuse, garde du corps, barmaid, animatrice. Il ne manquait plus que confesseuse. Ce fut vers six heures trente, juste avant la fermeture.

Ils étaient tous partis. Denise jeta un dernier coup d'œil, pour voir s'il ne traînait pas un manteau, un slip oublié…

— Tu dors ?

Elle venait d'apercevoir Chemise blanche allongé sur la banquette au bord de la piste de danse. Il ne répondit pas. Elle s'approcha. De grosses larmes roulaient en silence sur ses joues. Connaissant par cœur l'égocentrisme artistique de la plupart de ses Indiens, et ayant constaté que pendant sa performance masturbo-poétique, certains s'en foutaient royalement, elle dit, convaincante :

— Tu sais, ils l'ont aimé, ton poème.

— C'est pas ça, tu sais bien que je m'en fous. D'ailleurs je me fous de tout.

— Qu'est-ce qu'elle t'a fait encore ?

— Elle s'est cassée avec le gamin.

— Tu sais où ?

— Non.

— De toute façon, c'est bien fait pour ma gueule, je picole, je baise à droite et à gauche, je rentre tard et encore, quand je rentre. Alors, pas de quoi me plaindre.

— Mais je ne te plains pas.

— Je sais. Quoi qu'il en soit, j'aurais jamais dû faire un gosse à cette gonzesse, c'est une merde.

— Comme t'es un trou du cul, vous allez bien ensemble.

Il la regarde un instant fixement puis sourit.

— Comment ça se fait qu'il n'y a que toi pour me dire des choses pareilles sans que ça me fasse péter les plombs ?

— Parce que je vous connais trop. Parce que vous êtes presque tous les mêmes. Parce que vous avez une bite à la place du cerveau et un gros nounours à la place du cœur. Vous êtes mes mômes, alors je vous aime sans calcul.

— Alors pourquoi t'en fais pas un à toi, de môme ? Si tu veux, je te le fais tout de suite, moi.

Elle sourit.

— Tu comprendras jamais rien aux femmes. Et heureusement d'ailleurs. Parce que si t'en avais compris la moitié, en ce moment tu serais peut-être en train de te faire enfiler.

— Faut être pédé pour vous piger ?

— Pas pour piger tout, mais ça aide.

— C'est ce que tu me conseilles ?

— Bien sûr que non, si tu les comprends trop tu ne les aimeras plus.

— Là tu m'embrouilles... Ça te gêne si je te demande encore un verre ?

— Non, mais je vais être obligée de t'appeler un taxi, tu vas pas rentrer dans cet état-là.

Elle se dirigea vers le bar. Au moment où elle amorçait le doseur, elle entendit un bruit de verre brisé.

— C'est ça, casse le matériel si ça peut te soulager.

Elle s'avança tranquillement, le whisky à la main, et soudain se précipita.

— Putain, mais c'est pas vrai ! hurla-t-elle.

La manche de la chemise blanche était rouge de sang.

— Pauvre con, tu crois que ça va solutionner quoi de te tailler les veines ?... Allez, lève-toi, viens que j'arrête ça.

Il pleurait à torrents. Il s'appuya sur elle pour aller jusqu'aux toilettes. Avec la trousse de premiers secours, elle désinfecta la plaie qui était restée par bonheur superficielle, et elle lui fit un bandage sommaire. Il gémit encore et pleura encore plus de peine et de rage.

— Putain, j'ai mal... Le berceau vide quand tu rentres, c'est terrible. Elle a pas le droit. Je vais la tuer...

Mon petit, j'en ai besoin, merde. Aide-moi, Maman, aide-moi.

— D'accord, fit-elle, calme, en le regardant dans les yeux.

Et elle lui expédia à la volée deux énormes gifles. Des gifles d'homme. Sa tête rebondit sur la glace qui surplombait le lavabo.

Et elle se lâcha :

— Mais qu'est-ce que tu crois, mon pauvre ? Qu'elle t'appartient, qu'elle est à toi comme ta bagnole ou ta maison, qu'elle est programmée pour ton bon vouloir, et que tu peux acheter tes conneries avec un bijou à Noël ? Dis-toi que, quoi qu'elles en disent, elles rêvent toujours du prince charmant. Et toi, t'es pas prince et encore moins charmant. Même si dans les contes de fées on a oublié de leur dire que le prince charmant, il a une bite. Parce que ça aussi, vous le pigez pas. Trois galipettes où elles s'extasient et vous vous croyez indispensables à leur chatte. C'est vrai qu'elles peuvent vous quitter pour une queue, mais j'en connais pas encore une qui est restée pour ça.

— T'es dure, Maman, j'ai mal.

— Je suis pas dure, je t'aime, alors je te mens pas. Alors ne te mens pas non plus, tu ne supporterais pas le quart de ce que tu lui fais subir.

— Mais moi, c'est moi.

— Si tu l'aimais vraiment, tu dirais « Moi, c'est nous ».

— Faut plus que je sorte, alors ?

— Mais non, seulement rentre plus souvent. Je te dis pas de devenir fidèle, je vous connais, vous pouvez pas. Mais putain, un peu d'attention, un peu de soin, juste le petit supplément d'amour. C'est pas facile pour elle, tu sais. Toi tu brilles, elle, elle est l'ombre. T'auras toujours besoin d'une ombre ou tu te crameras les ailes. Allez, viens contre moi.

Elle le prit sur son épaule en lui caressant les cheveux et elle lui parla doucement, tout doucement :

— Tu sais, bonhomme, l'amour absolu est une chimère. En fait, tout est une question d'arrangement. Je connais toutes vos turpitudes, tous vos recoins. Je connais toutes leurs perversités et leur inconstance. T'as le droit de croire au père Noël, mais pas en été, c'est trop tôt. Vous avez toujours deux saisons d'avance. Vous voulez les fleurs avant les bourgeons. Tout ça, ça se construit patiemment, lentement. C'est fait de sacrifices des deux côtés.

— Je vais en faire.

— Ça suffira peut-être pas… Tu sais, je t'ai habillé pour l'hiver, mais j'en ai autant pour elle. Parce que, même si je t'aime bien et que ça me fait plaisir de te consoler, si cette conne qui te fait bien les pipes et le petit déj te donnait l'essentiel, t'irais peut-être pas le chercher ailleurs.

— Et c'est quoi, l'essentiel ?

— Ça, fit-elle à mi-voix en le pressant contre son cœur et en le protégeant de son bras.

Et elle l'embrassa tendrement dans les cheveux.

— Ça ira ?

— Oui, mais tu sais j'en peux plus, je suis au bout.

— Je vois… Mais faudra que tu tiennes parce que c'est peut-être moi un jour qui aurai besoin de ton épaule.

— Quand tu veux.

— Je sais. Mais j'attends bien trop pour que tu puisses me le donner. Qui sait ? C'est peut-être moi qui vais le trouver en premier, le prince charmant.

Elle ne savait pas encore, quand elle prononça ces

mots, qu'elle n'était qu'à quelques heures de le rencontrer.

Chemise blanche était parti avec sa voiture. Et elle avait rêvé toute la nuit qu'il avait eu un accident. C'est pour ça qu'elle s'était réveillée de mauvaise humeur. Elle s'en voulait de ne pas lui avoir pris ses clés. Il était midi. Le thé lui brûla la langue, et elle qui n'était jamais grossière en dehors des heures de bureau, laissa échapper :

— Et merde !

Le téléphone sonna. C'était Chemise blanche.

— Je sais que tu as dû te faire du souci pour moi, je t'appelle pour te rassurer.

— Elle est rentrée ? demanda Denise, soulagée.

— Elle m'attendait, ça fait cinq heures qu'on parle, tout va bien, on va aller dormir. Merci, Maman.

Elle raccrocha en souriant. Finalement, la journée ne débutait pas si mal. Le téléphone sonna à nouveau.

— Oui… Oh, bonjour… Oui, je peux passer… Disons… Vers quinze heures…

À quinze heures précises, elle poussa la porte de Mathilde.

Mathilde était une vieille dame en qui elle avait toujours eu confiance. Il y a des mois qu'elle lui avait demandé de lui dénicher l'oiseau rare, la perle, et, vu les exigences de Denise, elle avait dû s'en donner du mal, Mathilde.

— Il faut que je te le présente, je suis sûre que c'est le bon.

Et Mathilde ouvrit lentement la porte qui donnait sur le petit salon.

Au premier regard, Denise sut que c'est lui. C'était si intense. Si chaud. Il était assis sur le canapé du salon.

Dès qu'elle était entrée, ses yeux s'étaient plantés dans les siens. Mon Dieu qu'il était beau !

— Bonjour, je suis Denise.

— Moi c'est Sacha.

— Je suppose que Mathilde t'a un peu expliqué.

— Oui, et je suis d'accord sur tout, enfin, si tu veux bien de moi.

Et comme pour l'attendrir encore, il vint s'asseoir à côté d'elle.

— J'ai besoin de toi, avoua Denise, mais à mes conditions.

— Tout ce que tu veux. Je viens de perdre ma compagne, et j'avais encore tant d'amour à lui donner, autant que ce soit toi qui en profites.

— Je t'apprendrai à oublier, si tu me donnes en échange ce que j'attends. Et seulement ce que j'attends.

— Vas-y, propose.

— Premièrement : si je te choisis c'est jusqu'à la mort d'un des deux. Deuxièmement, je t'emmène tout de suite et tu emménages à la maison. Troisièmement, tu es là chaque fois que je rentre, et si je rentre avec quelqu'un tu attends dans une autre pièce. Quatrièmement, tu as un toit, à manger et tout ce que tu désires d'un point de vue matériel. Et pour finir…

— Pour finir, coupa Sacha, j'accepte tout ce que tu viens de proposer avec en plus le souci permanent de venir te consoler chaque fois que tu iras mal. Parce que je vois dans tes yeux que, parmi ceux que tu consoles toi, pas un n'est capable de te donner ce que moi je vais t'offrir tant que tu me supporteras.

Une petite larme coula sur la joue de Denise.

— On dirait qu'il veut te dire quelque chose, dit Mathilde.

— Mais on s'est tout dit, Mathilde. Seulement, il n'y a que moi qui peux l'entendre.

Et Sacha se dressa sur ses pattes soyeuses et vint se nicher en ronronnant entre les jambes de Denise. Elle le caressa longuement. Il leva vers elle ses beaux grands yeux de siamois.

À cet instant, Denise savait déjà que ce chat serait le seul véritable amour de sa vie.

Un chat, voilà ce qu'elle avait choisi, Maman, après avoir fait le tour des hommes et des femmes. Car même si elle était encore très jeune, elle savait déjà qu'en ce qui concernait l'amour, le vrai, celui qui luit quand il fait sombre, rien de ce qui était bipède ne la comblerait jamais. Baiser, rire, converser, oui, ça ils savaient faire. Mais comprendre sans qu'on explique, consoler sans qu'on pleure, ils ne savaient pas.

Et puis, il faut bien dire qu'en ce début d'années 80, soufflait sur les rapports amoureux un vent bizarre qui les éparpillait tous.

Les femmes avaient grandi. Et avec cette croissance elles avaient gagné leur liberté, une grande part de leur égalité et le droit de dire « non ». Même quand elles pensaient « oui ». Et il était là, le problème.

Parce que, plus préoccupées par la façade que par les fondations, elles se construisaient à l'envers.

Combien étaient-elles à ne pas faire l'amour alors qu'elles en avaient envie ?

Juste pour le plaisir de dire non sans représailles.

Et combien étaient-elles, encore plus nombreuses, et c'est là le pire, à le faire alors qu'elles n'en avaient pas vraiment envie ?

Juste parce qu'il fallait. Comme la première cigarette à l'école. Pour montrer qu'elles étaient devenues grandes. Pour montrer qu'elles étaient libres. Mais le montrer à qui ?

Et les mecs étaient largués. Ils ne comprenaient plus. D'accord, ils profitaient. Mais après ? Elles débarquaient dans leur vie avec des passés chargés d'aventures en tous genres, d'ex de tous gabarits et eux, poltrons, se voyaient obligés de faire face à une concurrence de mémoire à laquelle des siècles de domination sans partage ne les avaient pas habitués.

Et puis voilà qu'elles voulaient tout ! Un travail, des enfants, la liberté. Ça, même en serrant les dents, ils acceptaient. Mais en plus, il fallait qu'eux soient à la limite de la perfection. Il fallait qu'ils soient soignés, attentifs, bosseurs, drôles, protecteurs, et qu'en plus ils les fassent jouir.

Et puis elles s'étaient parées d'une arme absolue devant laquelle ils n'avaient guère d'autre solution que de baisser les bras : quand elles se mettaient en couple, au bout de très peu de temps, elles essayaient de les changer. Normal. Des années de soumission à supporter d'eux, comme si c'était un droit divin, les sorties au bistrot, le choix du programme télé à regarder, et pour elles, le ménage, la vaisselle et les enfants, pendant qu'ils glandaient au salon.

Alors elles posaient leurs conditions : si tu m'aimes comme tu le dis, tu changes, on n'est plus au XIXe siècle.

Et là, le piège. Parce que, soit ils ne changeaient pas et elles ne les aimaient plus parce qu'ils ne faisaient aucun effort. Soit ils changeaient, et voilà qu'ils ne ressemblaient plus à ce qui les avait séduites au départ ! Tu sais, le garçon enjoué, drôle et fou.

Alors le nombre des divorces explosait. Beaucoup des hommes qui n'arrivaient pas à résoudre l'énigme faisaient le choix de la solitude. Quelques-uns, et de plus en plus, verront leur sexualité bifurquer vers d'autres hommes. Plus par ras-le-bol que par nature profonde, ce qui donnera une recrudescence de bisexualité occasionnelle.

Elles aussi se risqueront à des étreintes lesbiennes, avec la petite différence que, la plupart du temps, elles n'auront qu'une expérience, une seule.

Ça nous faisait une société d'hommes qui se féminisait. On commençait à voir fleurir des publicités où l'homme nu s'exposait, faisait sa pin-up.

Il se mit à plus se parfumer, mieux s'entretenir, se mettre des crèmes de jour et rester parfois au foyer alors que la femme travaillait.

Et cette femme, elle, voguait tranquillement vers le destin qu'elle avait eu tant de mal et mis tant de siècles à enfin asseoir. Et c'était tant mieux !

Même si ce choix entraînait dans son sillage des solitudes immenses, des dégoûts d'elle parfois au petit matin, quand il n'était même pas resté pour lui dire bonjour.

Et puis il y avait aussi, dans ce sillage, toute une ribambelle d'abus de pouvoir qui sont l'apanage des révolutions récentes.

Il existait, parmi ces nouvelles femmes, une catégorie qui, au nom du droit enfin acquis, profitait sans vergogne de l'évolution en marche.

C'était une minorité, mais une minorité que Denise abhorrait parce que égalité ne signifie pas escroquerie.

C'étaient celles qui se faisaient faire sciemment un gosse par des crédules aisés, et qui au bout du minimum de temps partaient avec bagages et enfant en réclamant une « rançon » élevée. Et ce, bien sûr, au nom du droit à la dignité et d'un féminisme de façade.

Tout ça aurait été équitable, si, en réalité, le mariage, l'enfant et l'abandon n'avaient pas été planifiés de longue date.

Alors bien entendu, il existait encore de vrais couples, de véritables histoires d'amour, de vraies familles, de vraies tendresses, mais il faut se rendre à l'évidence : le début des années 80 fut le début d'un engrenage sournois qui mènera bien des années plus tard la France à être le pays d'Europe où on consommera le plus de neuroleptiques, et où les cabinets de psys, ou supposés tels, fleuriront plus que les boutons d'acné sur le visage d'un adolescent pubère.

Alors, entre les nouveaux homos d'occasion rançonnés, fardés, working-boys et largués, et les conservateurs machos, téléphages, vantards, branleurs et coureurs, Denise avait choisi un chat.

Un chat, normalement, ça ne parle pas. Donc ça évite d'entendre des conneries en rentrant. Et comme celui-là parlait quand même, mais qu'il n'y a qu'elle qui l'entendait, elle était sûre au moins qu'il n'irait pas dire « Je t'aime » à une autre.

VIII

Ce mal… qui fait du bien

Le 11 mai 1985 à dix-huit heures onze précises, Sacha, d'un coup, sort de sa torpeur. Il se dresse et se dirige vers sa gamelle.

Lui qui ne se presse jamais fait même un saut. De joie.

Elle est sortie du coma, ça y est, il le sait. Il l'a senti. Et c'est le plus heureux des chats.

Juste une fente.

Comme un store entrouvert.

Son regard passe à peine entre les boursouflures.

Elle a tellement pris de coups de poing. Elle sent encore l'étau des mains autour de son cou.

Oh, non… Ça va pas recommencer ! Le visage du grand Noir se penche sur le sien. Elle essaie de hurler. À peine une plainte.

— Ça va aller, madame, n'ayez pas peur. Vous êtes à l'hôpital, il ne vous arrivera plus rien.

Tiens, c'est bizarre, des hôpitaux au paradis, elle n'y avait jamais pensé. Un ange noir, elle n'y aurait pas pensé non plus.

— Elle s'en sortira, mais qu'est-ce qu'elle a pris ! glisse l'« ange » noir à un autre « ange », blond, celui-là.

— Quelle bande de salopards, fait Mylène, l'« ange » blond. Tu peux y aller, Michel, je reste un peu avec elle.

Tout doucement, Denise reprend conscience.

Elle murmure péniblement : « Sa… cha… »

— Reposez-vous, ne vous inquiétez pas, c'est fini, maintenant. Vous êtes à l'hôpital. Vous pourrez recevoir des visites dès demain. On va le prévenir. Comment dites-vous ?

— Sa… cha.

Sacha n'aura pas le droit de venir la voir. Mais Maria, à sa première visite, la rassurera.

Sacha va mieux. On l'a retrouvé, terrorisé, sous le lit. Il miaulait d'une voix étrange, éraillée. Il s'est laissé porter comme un poids mort. Il a refusé sa gamelle. Mais depuis hier soir il va mieux.

Pendant ses jours d'hospitalisation, Denise recevra visite sur visite. Elle est quand même surprise. Elle n'imaginait pas avoir autant d'amis. C'est vrai qu'au Club, beaucoup se disent « amis ». Mais elle sait bien qu'ils viennent plus pour la baise que pour elle.

Au troisième jour, elle est encore faible. Le moindre bruit un peu fort la fait sursauter.

C'est Cheval du désert qui est près d'elle aujourd'hui. Lui, c'est un vrai ami. Avec un talent d'acteur et un talent d'ami. Parce que l'amitié, la vraie, elle en demande du talent. Celui de dire les mots qu'il faut au moment qu'il faut. Ni avant, ni après. C'est le coup de téléphone pour rien, comme ça, au hasard, et une voix qui répond : « Quelle coïncidence, j'avais justement envie que tu m'appelles. »

Le talent d'un ami n'est jamais une coïncidence. Et, comme pour les acteurs, pour éviter le trou d'amitié, il faut une bonne mémoire.

Ainsi, comme me disait souvent un ami qui me promettait de le rester éternellement : « Un véritable ami, ce n'est pas que du passé qu'il se souvient, c'est aussi de l'avenir. »

Donc Cheval du désert l'ami, le vrai, est assis à son chevet et lui tient la main. Il est déjà venu une fois depuis l'agression, et elle lui a demandé de lui apporter quelque chose de bien particulier.

— Tiens, c'est ça que tu voulais, lui dit-il, en lui tendant un chapelet blanc.

— Oui, merci.

— C'est sûr que tu peux le remercier, ton bon Dieu ! En entrant la première fois, j'ai cru que je m'étais trompé de chambre, ils t'ont pas ratée, les salopards.

— C'est le Noir surtout, il devait faire de la boxe, il me tapait comme dans un... comment on dit ?

— Un punching-ball.

— C'est ça.

— Et l'autre, l'Arabe, qui disait : « Tue-là. »

— Eh oui, y a des brebis galeuses partout, fait la voix d'un nouvel arrivant en souriant.

Il est grand, décontracté, et, comme dans les films de série B, accompagné d'une infirmière énamourée qui le regarde avec des yeux de veau. Ah, les clichés !

— Docteur Sharif Elkaoui, se présente-t-il. C'est moi qui m'occupe de vous ce week-end. Rassurez-vous, moi aussi, il m'arrive d'être raciste de temps en temps, mais est-ce que nous ne le sommes pas tous un petit peu ?

Denise ne répond pas. Elle détourne la tête et se met à pleurer doucement.

Le docteur lui prend la main.

— Dans une semaine, vous serez dehors. Et dans un mois, il n'y aura même plus de traces. J'espère que vous m'inviterez dans votre boîte. On m'a dit que c'était très convivial.

Et Sharif invite des yeux Cheval du désert à quitter la chambre.

— Elle est encore un peu abrutie par les calmants, fait-il à mi-voix en l'entraînant à l'extérieur.

Ils marchent lentement dans le grand couloir blanc.

— Elle en a de la chance d'avoir des amis comme vous. Vous êtes mon acteur préféré, avoue Sharif.

— Merci. Prenez-en bien soin, vous savez, c'est une femme exceptionnelle.

— Il paraît. Dans les bureaux, il y a un type qui, apparemment, la connaît bien. Un habitué du Club. Il n'a pas encore osé aller la voir, je pense qu'il ira d'ici deux jours.

— Tant que je vous tiens, docteur, fait Cheval du désert hésitant, je peux vous demander un renseignement ?

— Vous avez mal où ?

— Non, non, je voudrais juste une info… Euh… Ça peut s'attraper comment, en vrai ?

Il n'a même pas besoin de préciser de quelle maladie il parle.

Le nom de ce fléau-là, en ce printemps 1985, est au centre de toutes les conversations.

— Ça va peut-être vous décevoir, répond Sharif, grave, mais même nous, pour le sida on n'est sûrs de rien. En tout cas, pas par la salive, du moins, je ne pense pas. Le mieux est de se méfier de tout, et de mettre systématiquement des capotes. Dites-moi, j'y pense d'un coup, c'est pas bien bon pour la boîte de votre copine, tout ça… Ça doit vider le magasin.

— Pas tant que ça. Mais c'est vrai que personne ne sait trop quoi penser. On hésite même à s'embrasser.

— Je crains bien, si je peux me permettre d'être trivial, que l'âge d'or du cul soit terminé. En tout cas, j'ai entendu dire que ça avait relancé des pratiques plus… cérébrales, dirons-nous.

— C'est vrai qu'il y a de plus en plus de sadomaso. Normal. Pas de pénétration, tout dans la tête.

— Ça se fait aussi, là-bas ?

— Vous savez, c'est un club libertin, ça veut dire que tout y est permis. Même de ne rien y faire de particulier.

— Donc, elle l'autorise.

— Pourquoi elle l'interdirait ? Tant que ça ne dépasse pas les limites du plaisir. Je vais même vous faire une confidence : c'est une spécialiste. Une maîtresse, une dominatrice.

— Si un jour, vous vous êtes trop fait fouetter, appelez-moi, glisse Sharif, goguenard, je suis le king des antiseptiques.

— Ça risque pas, c'est pas mon truc. Mais alors pas du tout. Mais je ne juge pas. La libido a ses raisons que la raison ne connaît pas. Et puis, juger sans connaître, quelle connerie, non ?

La semaine aura duré un siècle. Denise, à présent complètement lucide, tourne en rond dans sa chambre. Elle passe des heures au téléphone avec ses amis, ses parents, les employés qui font tourner la boutique pendant qu'elle se refait une santé.

Elle a appelé rue Marmontel tous les jours. Madame Maria a eu bien du mal à coller le combiné à l'oreille de Sacha, qui dès qu'il entendait la voix de Denise, se mettait à ronronner.

Plus qu'un jour à tirer, heureusement. Il fait si beau dehors. Elle se met à la fenêtre et laisse le soleil lui chauffer doucement le visage à travers la vitre.

— Je ne vous dérange pas ?

Un homme d'une quarantaine d'années, légèrement

dégarni, un peu typé, vient de se glisser timidement dans la chambre.

— Vous êtes qui ? interroge Denise, avec une légère pointe d'inquiétude qu'elle aura désormais chaque fois qu'un inconnu un peu basané s'approchera d'elle.

L'homme hésite un peu, puis se jette à l'eau :

— Je travaille dans les bureaux de l'hôpital. J'ai appris ce qu'il vous est arrivé, hélas. Alors je venais prendre des nouvelles... Euh... On se connaît bien, vous savez. Je vais de temps en temps au Club.

Tout à coup, Denise blêmit. C'est la première fois que ça lui fait ça. S'il vient au Club et qu'elle le connaît bien, elle devrait s'en souvenir. Eh non, le trou noir. L'agression lui a donc entamé la mémoire. Pourtant le gentil docteur Elkaoui lui a bien dit qu'elle n'aurait aucune séquelle.

— Vous êtes venu au 106 il y a longtemps ? demande-t-elle en essayant de se raccrocher à l'espoir d'un trou de mémoire naturel lié au temps qui passe.

— La veille de votre agression.

Là, elle commence à paniquer sérieusement. Mais un mot, un seul, pour être précis un surnom, va la rassurer définitivement et lui redonner le sourire.

— Le Cafard, murmure-t-il en baissant les yeux.

— Ça alors ! Quelle coïncidence, laisse tomber Denise avec un large sourire.

Elle le serrerait dans ses bras de soulagement. Le Cafard, mais bien sûr ! Elle amorce un pas vers lui, puis réfléchit et se ravise.

Lui montrer sa sympathie, non bien sûr. À cet instant, elle redevient Denise du 106. Elle va même en rajouter, comme si c'était pour elle un moyen d'effacer encore plus le cauchemar. De se replonger dans la vie. Comme s'il ne s'était rien passé.

— Couché ! ordonne-t-elle violemment au Cafard,

qu'elle ne pouvait évidemment pas reconnaître, puisque chaque fois qu'il venait au Club, c'était caché sous un masque de cuir, nu et enchaîné. Elle n'a jamais vu son visage.

Il ouvre d'abord des yeux tout ronds.

— Ah ! mais je ne viens pas pour ça, madame Denise, juste pour prendre des nouvelles.

— « Madame », j'ai pas rêvé là, tu as bien dit « madame » ?

— Oui, madame.

— « Maîtresse », pas « madame », « maîtresse », ordonne Denise, le regard méprisant.

Et elle l'attrape violemment par les cheveux et lui écrase le visage sur le sol blanc.

— Pas ici, maîtresse, bredouille le Cafard tremblant, on peut venir.

— Et depuis quand c'est toi qui décides, petite ordure ?

Et soudain les yeux du Cafard se mettent à briller. Il n'était pas venu pour ça et c'est ça qui est encore plus fort. Il la sent monter en lui, plus que jamais il ne l'a sentie, cette pulsion incontrôlable qui le transporte à chaque fois vers l'extase. La peur que quelqu'un vienne, le moment, l'endroit, l'incroyable de la situation, surmultiplient sa dose de plaisir.

Elle va d'abord lui faire lécher ses pieds. Et puis, elle attrapera dans le vase les vingt roses rouges qu'elle a reçues de « Petite Rosée du matin », la chanteuse, son amie.

Les tiges pleines d'épines cinglent le torse nu du Cafard.

Pas une plainte, pas un gémissement. Son regard est halluciné. Il prend un plaisir fou. Le regard de Denise est lui aussi devenu halluciné. D'habitude, elle reste de marbre. Mais là, ce n'est plus le Cafard qu'elle a à ses pieds, mais ses agresseurs.

Elle frappe et frappe encore. Tout ça dans un silence étonnant.

Et puis, soudain, elle passe sa main entre les jambes de son esclave et lui enfonce ses ongles dans le sexe avec une violence inouïe. Là, un son sort quand même de la bouche du Cafard.

— Aaah… Oui… Merci, maîtresse.

Elle attrape la serviette de bain qui traînait sur le lit et l'enroule autour du cou de l'homme en transe, et elle serre, serre. Elle pleure et elle serre encore.

Les yeux du Cafard s'agrandissent et il pousse un long grognement retenu. Il vient de jouir. Alors, elle relâche l'étreinte, et elle se redresse en titubant.

La respiration du Cafard est saccadée. Il est trempé de sueur. Il se relève doucement, referme sa chemise et se dirige vers la table de chevet où il se verse un grand verre d'eau.

Sans se retourner, Denise lance :

— C'est mon eau, pourriture, tu n'y touches pas. Barre-toi, sale pute. Mais avant, viens me dire au revoir.

Ils sont face à face devant la fenêtre. Les yeux dans les yeux. Un long silence, puis :

— Ça ira ? fait-elle, douce, en montrant les petites gouttes de sang qui ont imprégné le devant de la chemise blanche.

— Bien sûr, répond-il souriant, vous savez bien que nous, on cicatrise deux fois plus vite que les autres. Merci, maîtresse.

Et c'est vrai que dans son emploi de maîtresse femme, elle a toujours été stupéfaite de voir à quel point des blessures, que d'autres auraient mis des jours à guérir, s'estompent miraculeusement en quelques heures chez les « esclaves ».

En guise de baiser d'adieu, elle lui mordra la lèvre jusqu'au sang.

Quand il sera parti, elle ira s'allonger pour reprendre la lecture de son livre de chevet : la Bible.

Cette parenthèse l'a apaisée. Comme un exutoire providentiel. C'est comme si elle était sortie enfin réellement du cauchemar. Comme si elle était enfin retournée à la vraie vie. La sienne. Une vie où les outrances n'en sont même pas et où l'amour règne en maître.

Oui, l'amour ! Car enfin quoi ? Quelle qu'ait pu en être la forme, ne vient-elle pas de faire un cadeau d'amour à celui qui n'attendait que ça ?

C'est toute la nuance du sadomasochisme. Si à un seul moment elle avait senti le Cafard malheureux d'avoir mal, elle se serait arrêtée.

C'est la règle du jeu et elle l'a toujours respectée.

Sauf une fois.

Le plaisir de « Robert le chien » était d'organiser dans son appartement des soirées privées où se pressaient tout un tas de jeunes sportifs en quête de batifolage.

L'étage était garni de filles joueuses et dociles. La partouze ordinaire, quoi ! Avec cette nuance qu'une fois la soirée achevée, « Robert le chien » gardait pour lui les plus vigoureux des éphèbes, et leur demandait en cadeau de remerciement de lui donner la correction la plus sévère possible. Et les participants à cette obole lui infligeaient des sévices inouïs, coups de poing, coups de pied, qui lui donnaient une jouissance exceptionnelle.

Cela peut paraître incroyable, inacceptable ou profondément affligeant, mais c'était ainsi.

Denise était allée, un soir, en curieuse, assister à une de ces soirées spéciales. On lui demanda de participer aux sévices, ce qu'elle refusa. Elle était juste là en « touriste ».

« Robert le chien », bien que contrarié de son refus, ne lui en tint pas rigueur.

Mais au moment de partir, connaissant quand même ses talents de maîtresse, il lui désigna deux autres esclaves qui participaient à la soirée. Un peu comme un invité qui refuse de prendre une coupe de champagne et à qui on propose d'autres boissons.

— Eux non plus ne vous tentent pas ?

— Non, merci.

— Pourtant c'est de la bonne qualité. Tenez, par exemple, celui-là est inspecteur des impôts.

Le sésame. Le mot magique. Denise était à l'époque sous le coup d'un contrôle extrêmement pointilleux.

Que l'occasion était belle de se venger du traitement particulier dont elle était l'objet !

Elle accepta donc avec jubilation d'être la maîtresse de cet homme en laisse qui n'attendait que ça. Il eut son compte, plus les arriérés et les redressements. Il finit par trouver l'addition si salée qu'il supplia que les sévices s'arrêtent.

Ce fut la seule fois où elle fit passer son plaisir avant celui de son esclave.

En 1985, cette pratique sexuelle, vieille comme la douleur, est en pleine recrudescence. Sida oblige. Au point qu'elle sera le centre de la première conversation qu'elle aura au Club, le jour de son retour.

— Je n'ai pas à juger la qualité de leur bonheur, du moment que ça ne concerne qu'eux, et que ça ne fait de mal à personne d'autre, argumente-t-elle. Je ne vois pas pourquoi je leur refuserais leur plaisir.

Voilà ce qu'elle essaie de faire comprendre à Grand Chêne placide, très curieux de la chose, sur la banquette du fond du 106, le lendemain de sa sortie de l'hôpital.

Elle a décidé de reprendre tout de suite le boulot. Affublée en permanence de grosses lunettes noires pour cacher les hématomes, elle a de nouveau pris les commandes du navire. Tous les copains se sont pressés au Club pour la réconforter. Elle a reçu des fleurs, des cadeaux. Mais son plus beau cadeau a été le câlin interminable de Sacha quand elle a regagné son appartement.

Au point que ce soir, elle a fait une exception comme pour rattraper le temps de tendresse perdu. Sacha est allongé derrière le bar dans son couffin, un superbe collier neuf avec un tout petit diamant en guise de cadeau de retrouvailles.

Grand chêne placide est juge d'instruction. C'est lui qui enquête depuis la descente de police sur les rouages de ce genre d'établissement. Mais Grand Chêne placide est là ce soir à titre privé. Ce sera plus tard un politique très en vue.

Et même si d'autres politiques très en vue sont venus maintes fois se dévergonder au 106 en toute discrétion, celui-ci n'est là que par curiosité professionnelle et c'est tout à son honneur.

Le hasard a fait que lui et Denise ont des amis communs. Un soir que la conversation était arrivée sur elle, ces amis lui ont dit :

— Tu sais, c'est pas ce que tu crois, le 106. Viens t'en rendre compte par toi-même, incognito, en toute amitié. Tu verras que cette femme est formidable, et qu'elle ne fait que vendre aux gens du plaisir en toute légalité. Mais sa mission va bien au-delà de ça. C'est presque une sœur de charité.

— Vous n'exagérez pas un peu ?

— Non, tu verras.

— C'est un peu délicat pour moi. Je suis quand même en charge de juger si…

— Pour juger, il faut connaître, non ?

Et il est là, attentif et ouvert. Et plus la soirée passe, plus il est séduit. Pas par la démesure de l'endroit, pas par la débauche. Non, par l'âme de Denise.

Elle lui a expliqué le pourquoi et montré le comment. Pourquoi elle pense rendre un service à la société parce que ici la femme est reine et que tout se fait entre adultes consentants. Pourquoi, pour elle, la liberté sexuelle est la clé de l'équilibre. Pourquoi elle donne leur chance aux blessés et aux timides. Pourquoi les rares séances de sadomasochisme sont un défouloir qui assèche les pulsions qui pourraient dériver sans ça en délinquances graves si elles étaient refoulées.

Alors, il écoute. Avec sagesse, compréhension et tolérance.

Et cet homme, que l'étiquette politique et l'hérédité d'une droite à l'ancienne porteraient plutôt à un jugement hermétique, va céder au charme si convaincant, parce que sincère, de Maman.

— Madame, fait-il au moment de quitter les lieux, j'ai tout compris et je vous en remercie. Ce soir, j'étais là en ethnologue. Il faut toujours connaître au mieux ce que l'on doit juger, ce qui n'est hélas pas une règle forcément bien comprise de certains de mes collègues. Vous m'avez convaincu, non seulement de votre utilité, mais aussi de votre respect à la fois de la loi républicaine et de l'autre, non écrite, que nous a léguée le Général : le respect de la liberté et le combat permanent qu'il exige.

On aurait pu entendre *La Marseillaise* !

Un peu outré, tout ça, mais quand on est habitué au solennel, que voulez-vous, ma brave dame, on ne se refait pas !

— En conséquence de quoi, reprit-il, vous ne m'aurez jamais comme client, bien sûr. Je suis de ceux qui n'ont aucun goût pour ce genre de licence. Ma sexualité est classique et me convient fort bien. Toutefois, à l'écoute de votre motivation, et au regard de la femme exceptionnelle que vous êtes, sachez que quelle que soit la suite de votre chemin, je ne me mettrai jamais en travers.

Ces mots furent dits avec tant de délicatesse et d'emphase que Denise effectua un atterrissage assez violent dans le monde du langage courant quand, le voyant partir, Stella, une gourmande d'exception, lui glissa à l'oreille :

— Dommage qu'il soit coincé du gland, j'adore pomper les politiques, j'ai l'impression de rendre service au pays… non ?… Franchement, on est vachement plus cool quand on a les couilles vides. Je suis sûre que si leurs rombières les suçaient plus souvent, il y aurait moins de chômage !

Où va se nicher la sagesse populaire, quand même ?

En tout cas, en ce mois de juillet 1985, il y en a un au moins qui va trouver du boulot à la fin de la soirée.

Un qui pour l'instant est en train de faire un festival dans le coin « câlins ». Pour un endroit de ce genre, un extraterrestre. C'est dire si on était ailleurs !

C'est bien simple, il a tout : une gueule magnifique, le sourire, de la conversation, et surtout, même si ça n'est pas forcément une garantie de plaisir absolu, un sexe surdimensionné, qu'il utilise avec une efficacité rare.

— Ça gémit grave dans le fond, fait enthousiaste Scalp de têtard, un acteur dégarni. J'en ai jamais vu une comme ça.

— C'est pas ceux qui ont les plus grandes oreilles qui entendent le mieux, réplique Joss la féline, du tac au tac, prouvant au passage qu'elle connaît son Coluche classique sur le bout du doigt.

Au fond, les hurlements de plaisir succèdent aux gémissements.

— Putain, lâche Scalp de têtard, admiratif, c'est la quatrième qu'il explose. C'est pas possible, il a une bite électrique !

Dix minutes plus tard, l'étalon déboule au bar, le torse trempé et le sourire ravageur.

— Tou es madame Dénise ? fait-il avec un délicieux accent italien.

— Oui.

— C'est des amis qui m'a amené… Jé pé démander uno… Comment tu dis… Service… C'est ça, service.

— Demande toujours.

— Voilà, jé arrive en Francia, et jé connais rien… Person. Jé cherche dou travail.

— Et qu'est-ce que tu sais faire à part baiser ?

— Ma, pas grand-chose.

— J'ai encore pas mal d'amis dans le porno, avec une queue et une gueule pareilles, tu peux faire un carton.

— C'est yentille.

— Combien de centimètres, la queue ? demande Denise comme à un étalage de charcuterie.

— Trente, ou oun peu plous, yo no saye.

— T'as déchargé combien de fois ce soir ?

— Six, sept… Ma yo peux encore si tou veux avec toi.

— Non merci, mais je vais te donner les numéros de mes potes, tu vas appeler de ma part.

— Merci…

— Et c'est quoi, ton nom ?

— Rocco Sifredi.

À quoi ça tient, une carrière !

Une fois qu'il sera parti s'ensuivra un grand débat sur la grandeur de son engin.

Ah ! nous y voici enfin au grand problème de société qui hante depuis des lustres la majorité des hommes de cette planète : doit-on étalonner sa capacité sexuelle à la dimension de son sexe ?

« Je pense que oui », répondent ceux qui en ont une grosse. « C'est pas sûr », répondent les autres. Nous éviterons l'improbable poncif : « Il vaut mieux une petite travailleuse qu'une grosse fainéante », pour entrer au cœur du débat qui s'anime au bar et dont voici quelques morceaux choisis :

— Moi qui en ai pris des quantités astrologiques, attaque Reine, je peux vous dire que ça change pas grand-chose.

— Vous avez fait un lapsus, Reine, fait remarquer Calumet de la paix, l'intellectuel de service.

Reine, l'ouïe probablement perturbée par la musique qui bastonne, rétorque :

— Que je la suce ou pas, c'est pareil, y a pas grande différence.

— Pas grande différence... Pas grande différence... enchaîne la grande Claudia, parle pour toi. T'es tout-terrain, toi, t'as d'la marge à force. Moi qu'ai une chatte fine comme un trou d'serrure, j'lai senti passer, Cadichon. Et franchement, ça m'a plus fait l'effet d'un accouchement à l'envers que d'une partie de plaisir.

— C'est ce que je disais, approuve Œil de lynx, le photographe. La grosse bite, parfois c'est plus un handicap qu'un avantage.

— Parle pour toi, chéri, lui lance Josy, sa femme. Moi, une bien balèze, ça me régale... Et puis ça me change.

— Ça, c'est pas gentil, moumoune, s'attriste Œil de lynx.

— Mais te vexe pas. Ce qu'il est susceptible, ce grand con ! Je disais ça pour rire. Si je l'aimais pas, ta petite queue de cerise, tu crois que je serais avec toi depuis vingt piges ?

— Ben justement, la voilà, la démonstration, fait Boucles d'or, l'ancienne actrice. C'est pas une question de grandeur, c'est une question d'amour, on reste avec une petite qu'on aime même s'il en passe une grosse qu'on aime un peu plus.

— Voilà, approuve Josy.

C'est te dire le niveau du débat ! Ça aurait pu s'appeler : « Les Grossiers de l'écran. » Heureusement que Denise vint conclure la discussion en apportant un éclairage que, vu sa grande expérience, personne n'allait lui contester :

— Franchement, même si elles ne l'avouent pas, je pense que les femmes sont quand même sensibles à un membre conséquent. Pas trop, mais suffisamment. Ne serait-ce que pour l'esthétique, et aussi pour la jalousie naturelle entre filles, style : « Le mien est mieux monté que le tien. » Et c'est vrai qu'en en ayant connu des toutes petites, je vous avouerai qu'elles ne m'ont pas vraiment fait grand-chose. Question d'anatomie. Il faut quand même que ça touche les bords ! Maintenant quitte à dire qu'il y a plus de plaisir avec les grosses, c'est surtout une question de…

— De savoir-faire, coupe Calumet de la paix.

— Je dirais plutôt de concordance, reprend Denise. Quel que soit le savoir-faire, il y a des volumes qui s'encastrent bien et d'autres pas, et telle grosse queue qui fera du bien à l'une n'en fera pas forcément à l'autre. Je crois sincèrement que c'est surtout une question d'emboîtage.

— Et le goût, on n'en parle pas, du goût, relance Reine.

— On cause pas gastronomie, on cause anatomie, précise Boucles d'or.

— Quand même, c'est important, le goût. Moi qui suis pas difficile, vous le savez, eh ben, quand c'est trop parfumé, je peux pas. Ça me pique jusqu'aux yeux des fois. Surtout que maintenant y en a qui se mettent le désodorisant qu'est fait pour les dessous de bras sur les poils d'en bas.

— Là, on s'éloigne du sujet, fait Claudia.

— Puis-je savoir, chère Denise, recentre Calumet de paix, quelle est la plus imposante qu'il vous ait été donné de contempler, avec la taille si ce n'est pas trop demander ?

— Quarante centimètres, dans une partouze à Nice, mais le pauvre n'a jamais pu bander.

Cheval du désert, qui ne s'était pas encore exprimé, ne résista pas au plaisir de commenter cette impuissance avec une métaphore empruntée à un domaine qu'il connaissait bien :

— Ça sert à quoi le turbo, si t'as pas la voiture ?

Et on en resta là, ou presque. Denise ajouta juste qu'il ne fallait pas se fier aux idées reçues, parce qu'elle avait connu des Noirs avec des toutes petites et des Jaunes convenablement montés.

Et la soirée se poursuivit dans l'extase et la bonne humeur. Et tous ceux qui voyaient Denise rayonner de nouveau étaient heureux qu'elle ait évacué aussi vite le traumatisme de l'agression. Tous, sauf Cheval du désert, évidemment, qui devinait bien à d'infimes détails (que seul un véritable ami peut percevoir) que tout n'était pas effacé.

— Tu devrais partir quelques jours, Maman. Je vois bien que t'as pas tout bien digéré.

— T'as raison, ma poule, faut que je nettoie tout ça.

IX

Un et Dieu… font trois

C'est l'histoire d'un type qui prie à Jérusalem.

— Mon Dieu, faites qu'il y ait la paix entre les Juifs et les Arabes… S'il vous plaît, mon Dieu, faites qu'il y ait la paix entre les Juifs et les Arabes.

Et Dieu descend et dit au type :

— Tu vois pas que tu parles à un mur !

C'est cette blague, que Chemise blanche lui a racontée la veille de son départ en voyage, qui fait sourire Denise alors qu'elle arpente les allées du Saint-Sépulcre à Jérusalem.

Elle avait besoin de faire le ménage dans sa tête, de se retrouver. Alors elle est partie vers la terre qui l'attirait le plus sans savoir pourquoi.

Depuis quelque temps, bien avant l'agression, elle a repris goût aux voyages. Tous les trois mois, elle s'enfuit, seule. Sur place, elle prend un guide et un chauffeur et elle va dans les coins les plus reculés de la planète, comme ça, à l'aventure. Comme si les embruns de l'océan, les pluies d'Indonésie, et le sirocco pouvaient la nettoyer des blessures confessées de ses petits Indiens qu'elle trimbale à fleur de peau tout le reste de l'année.

Là, elle a une autre blessure à laver. Plus profonde,

plus personnelle. L'agression l'a réellement traumatisée par sa sauvagerie, sa gratuité. Son corps n'en souffre plus, mais son âme si. Elle qui a décidé qu'elle passerait sa vie à organiser le plaisir des autres, a pris de plein fouet cette violence comme une sale injustice.

Il faut qu'elle s'explique avec Dieu. Et chez lui !

Il faut qu'elle les trouve, les réponses à toutes les questions qui la hantent. Ce ne sont sûrement pas ceux qu'elle confesse qui vont l'aider.

Quand le prêtre doute, vers qui se retourne-t-il ? Le Patron, non ?

Alors, il faut qu'elle comprenne pourquoi l'agression l'a autant bouleversée. Et puis autant ne pas faire le voyage pour rien.

Il faut qu'elle comprenne pourquoi elle est tombée amoureuse de son chat.

Pourquoi suscite-t-elle tant de confiance et de confidences de la part des plus adulés ? Qui d'elle, ou de la petite fille têtue qu'elle était, fouette les hommes avec autant de plaisir ? Pourquoi se sent-elle investie d'une mission humanitaire de sauvegarde, passant par les pires méandres de la débauche, alors que ce genre de pratique la met au pilori de la société bien-pensante ? Dieu n'est-il pas amour ?... Alors ! L'instrument par lequel Dieu ronéotype l'homme à son image est bien le sexe, non ?

Il a bien fallu des coïts innombrables pour fabriquer tout ce que le monde a compté de rabbins, curés, popes, et ulémas de tous poils.

Et qui des faiseurs de guerre ou des faiseurs d'amour sont les plus à pourchasser ?

Questions sommaires, primaires, naïves, auxquelles elle cherche des réponses, agenouillée sur la pierre, à l'endroit où Il avait dit : « Pardonnez-leur, ils ne savent pas ce qu'ils font. »

Et pendant que Denise, la sainte patronne du 106, refait le chemin de croix à Jérusalem en se posant des questions cruciales, à Paris, au Club, un homme se pose une question tout aussi cruciale, en tout cas, pour lui :

— Putain, c'est pas vrai, mais qu'est-ce que ma femme fout là ?

Eh oui, tu seras puni par où tu as péché. Évangile selon saint Honoré !

Ce soir, au bar, il y a Ours blanc, Nuage sombre et Géronimo, un petit nouveau, star du sport depuis son titre de champion du monde.

Soudain, ils se précipitent tous les trois, ameutés par des cris qui viennent d'en haut. Il y a du rififi dans l'entrée. Reine qui, avec Sonia la vestiaire, fait office de patronne intérimaire en l'absence de Denise, est désemparée.

Un type est arrivé avec des potes pour s'éclater et, bingo ! le hasard : sa femme sur la piste en pleine action. Alors il est devenu fou furieux et il menace d'aller lui casser la gueule. Le portier fait ce qu'il peut pour le raisonner en douceur, mais le mari trahi alterne les moments de désespoir et de rage.

— Si Maman était là, elle saurait quoi dire elle, fait Reine.

— Appelle-la, propose Ours blanc accouru, et on lui passe le cocu au téléphone.

— Non, c'est elle qui appelle tous les jours, et elle nous a dit de ne l'appeler qu'en cas de problême grave.

— Pour lui, c'est grave, constate Ours blanc.

— Oui, soupire Reine, pour lui. Et moi, je sais pas quoi décider, il veut faire un scandale. Il y aura un drame si on le laisse redescendre. Déjà bien qu'il soit remonté ! Il était tellement surpris de la voir en bas, et en plus en plein délire quand il est arrivé, que ça l'a sonné. Il a fait marche arrière, sans qu'elle le voie. Mais là, d'un coup, il a pris la haine, il veut la massacrer. Je sais que Denise déteste ça, mais je crois que je vais demander au portier de lui en coller une pour le calmer, et de le foutre dehors.

— Enfin, Reine, ce mec souffre. On va pas en plus l'emplâtrer. Non, laisse-moi faire, faut du doigté, du tact, comme sait faire Maman.

— Denise, c'est une femme.

— Non, Denise, c'est un mec. C'est pour ça qu'il n'y a qu'un mec pour essayer de le calmer, en douceur. Faut moduler.

— Moduler ? fait Reine, ironique.

— Ouais, moduler, confirme Ours blanc, sûr de lui.

Le mari désemparé pleure, assis adossé au comptoir du vestiaire. Et puis, mû par un accès de colère, il se lève d'un bond pour aller vers la salle. Le portier le ceinture. Ours blanc l'attrape par le bras, écarte le portier en lui faisant comprendre qu'il prend l'affaire en main, et rassoit l'homme blessé, doucement mais fermement. Sans doute impressionné et flatté inconsciemment par la personnalité de celui qui s'est assis à son tour près de lui, le mari se relâche un peu.

— Calmos, mon gars, ça sert à rien, il vaut mieux que tu te casses, tu régleras ça à la maison. Là, tu vas t'énerver et c'est bon pour personne. Comment tu t'appelles ?

— Simon, fait-il entre deux sanglots.

— Eh ben, Simon, t'es un con.

Venant d'un autre, il aurait regimbé, mais venant d'Ours blanc, qu'est-ce que tu veux répondre ?

D'abord il est fort comme un Turc, et puis c'est presque un honneur de se faire donner la réplique, même dans une circonstance pareille, par un acteur de cette trempe.

— Elle a pas le droit, putain, elle a pas le droit. C'est ma femme, merde, ma femme.

Eh oui, c'est ce qu'on appelle la « Surprise du chef ». Celle que tous redoutent quand ils viennent s'encanailler en célibataires.

Cinq minutes avant, il avait à peine atteint le bas des escaliers avec ses joyeux copains, qu'il l'avait reconnue au premier coup d'œil. À genoux sur la piste, un sexe dans chaque main et un autre dans la bouche. Alors il s'était arrêté net, statufié.

— Qu'est-ce que t'as ? avait demandé le copain le plus proche, croyant à un malaise.

— Là-bas… ma femme, avait-il bredouillé.

— Oh, putain !

— Comme tu dis !

Comment réagir ?

Et pourtant, il les avait assez racontées, les bonnes blagues où le mari surprend sa femme et vice versa, un classique de l'histoire drôle.

Car c'est là un des plus étonnants contrastes de la nature humaine : c'est aux situations les plus douloureuses de sa vie que l'homme a accolé les blagues les plus drôles.

C'est incroyable ce que l'adultère a provoqué d'éclats de rire en fiction et de drames en réalité. Bien qu'on m'ait rapporté que dans quelques rares cas, les intéressés ont spontanément adopté le style humoristique pour faire face à la situation.

Par exemple, ce comique renommé qui me confia être rentré par surprise au petit matin au domicile, les bras chargés de viennoiseries pour faire plaisir à sa copine de l'époque.

La première surprise fut pour lui. Une jambe poilue

dépassait du lit. Et preuve qu'on peut aussi être drôle en dehors des heures de scène, au lieu de s'emporter, il se contenta de lâcher un banal mais magnifique :

— Je crois qu'il n'y aura pas assez de croissants pour tout le monde !

Avant de retourner dans l'escalier du 106, je ne peux résister au plaisir de vous conter brièvement cet autre type de réaction qui reste pour moi un bijou dans la catégorie « Fallait oser, quand même ! ».

C'était la situation inverse : l'homme (encore un Indien connu) fut surpris avec sa maîtresse, au réveil d'une nuit bien arrosée, au point de s'être endormi en oubliant que son épouse allait rentrer.

Il fut réveillé par ces mots choisis : « Salaud… Espèce d'ordure… Et dans notre lit, en plus. »

Et encore imprégné de la cuite récente, il n'eut qu'un argument en guise de réponse, mais quel argument !

— Ne te fie pas aux apparences, chérie, c'est pas moi, c'est mon sosie !

Merveilleux, non ?

La réaction de Simon au 106 en découvrant sa femme en pleine action n'avait été ni humoristique ni colérique. Il était KO debout.

Il avait remonté le petit escalier pour aller s'affaler groggy au pied du vestiaire. Et puis, le choc passé, étaient montées la colère et l'envie de régler ça tout de suite par une bonne dérouillée. C'est de ça qu'Ours Blanc essayait à présent de le dissuader.

— Mais comment elle a pu faire ça ? se lamente Simon. Même quand je veux qu'on regarde un porno ensemble, elle dit toujours non.

— Tu sais, ça nous pend tous au nez, tente Ours blanc, c'est la règle. Elles sont comme nous, tu sais. Bon, peut-être pas tout à fait et pas toutes non plus ; hein… parce que nos mamans… non, bien sûr.

Et là, Ours blanc commence à s'embourber dans sa tentative d'apaisement d'une façon tellement pitoyable, qu'en bon camarade, Nuage sombre l'encourage à continuer, tant il est jouissif pour lui, acteur de second plan, de voir la « Star » patauger à ce point-là. En un mot, être mauvais comme un cochon. Chacun ses petites mesquineries !

Pendant ce temps-là, bien loin de tout ça, en Terre sainte, Denise peut vérifier, sans toujours l'expliquer, qu'il émane d'elle quelque chose d'unique qui lui permet d'attirer des sympathies hors du commun.

En flânant dans Jérusalem, elle a pris l'entrée d'un souterrain.

Au bout de quelques minutes de marche, elle débouche dans un lieu pour le moins incongru. Au moment où elle apparaît, des dizaines de silhouettes se retournent sur elle en la dévisageant, horrifiées.

Elle vient de faire brillamment son entrée, en pantalon moulant et talons hauts, dans la Grande Synagogue où, bien entendu, toute présence féminine est un sacrilège. Des visages haineux fondent sur elle. Elle bredouille un « Excusez-moi » sincère mais ridicule.

Et au moment où la meute se fait la plus menaçante, une voix résonne. C'est celle du sage des sages qui stoppe net l'avancée des hommes en colère. Il fend la foule, et se plante devant elle.

Son regard noir s'enfonce au plus profond du bleu du sien. Il prononce d'une voix calme quelques mots en hébreu. Et les hommes retournent à leurs prières.

Denise sent que l'incident est clos et s'apprête à faire demi-tour en s'excusant encore.

Mais le sage des sages la retient par la main. Elle comprend qu'il l'invite à prier avec eux.

Elle priera pendant de longues minutes. C'est pendant cette prière qu'elle trouvera quelques réponses aux questions qu'elle était venue poser. Lesquelles ? Elle ne l'avouera jamais. Donc, en plus d'elle, comme dit la formule consacrée : « Dieu seul le sait », on pourrait lui demander, mais il est, dit-on, terriblement occupé. On le sollicite tellement. Tiens, en ce moment dans l'escalier du 106, on fait encore appel à lui.

— Tu crois en Dieu ? demande Ours blanc, enlisé jusqu'au cou dans sa tentative de réconfort de Simon.

— De temps en temps.

— Eh bien, Dieu a dit : « Ta femme, elle est pas qu'à toi, elle est d'abord à moi, et si elle fait ce qu'elle fait, c'est que ça doit arriver. »

— Il a dit ça ?

— Peut-être pas exactement comme ça, mais en gros, oui.

Un qui n'en peut plus, c'est Nuage sombre.

— Excusez-moi, faut que j'aille aux toilettes.

Et il part évacuer l'immense éclat de rire qui le tenaille depuis dix minutes.

— Tu comprends, ma poule, lâche à bout de forces persuasives Ours blanc, tu ne fais que récolter ce que tu as semé, et si le Seigneur t'a envoyé cette épreuve, c'est peut-être pour vous renforcer. Qui sait si de cet incident ne naîtra pas un désir nouveau, qui vous mènera jusqu'à l'éternité ? Alors que, partis comme vous l'étiez sur de fausses bases, votre amour, je dis bien votre amour, se serait peut-être liquéfié entre tes sorties et ses attentes. Alors que là plus de mensonge, plus de trahison. Comment te le résumer ?... Ah, voilà : t'aimes le foot ?

— Ben... oui, répond Simon, surpris par l'incongruité de la question.

Et Ours blanc, fier de lui, de conclure :

— Eh ben voilà, ça fait match nul, la balle au centre !

Simon réfléchit un instant. Il opine plusieurs fois, puis se risque à sa conclusion personnelle :

— Elle a quand même pris trois bites.

— Au moins, ne peut s'empêcher d'ajouter Ours blanc.

— Donc, je vais lui fracasser la gueule.

Et il se dresse d'un coup. Là Ours blanc se lève et le colle au mur.

— Écoute bien, mes couilles, j'ai tenté la psychologie, mais apparemment, t'es pas un cérébral, alors je vais te le dire autrement. Maintenant tu te casses, ou je t'éclate ta gueule à toi. Ici, c'est une maison où on n'aime pas le scandale. Tu vas pas nous chier une pendule parce que ta grosse aime le cul autant que toi. On t'a jamais dit : « Qui se ressemble s'assemble ! » Hein… Réponds.

Et il lui cogne la tête sur le mur.

— Si, m'sieur… Si, si, m'sieur.

— Alors tu vas te casser d'ici, et quand elle rentrera, si j'apprends que t'as touché un de ses cheveux, je te fais une expédition punitive avec mes potes, t'entends ! Allez, barre-toi !

Et l'homme s'enfuit vers la sortie.

— Bravo le tact, applaudissent en chœur Reine et Nuage sombre.

— Ben quoi, il est parti, non ? J'ai modulé, c'est tout. Du tact et un peu d'autorité.

Une semaine plus tard, Denise était de retour de Jérusalem. Apaisée. Cheval du désert venu prendre des nouvelles n'eut même pas à la questionner tant, au premier regard, il lut dans ses yeux : « Maintenant, je vais bien. » Ours blanc était là aussi.

— Alors il paraît qu'on joue les psychologues, fit Denise, souriante et ironique.

— Je vois bien que tu te moques, répondit Ours blanc. N'empêche que sans ma « psychologie » comme tu dis, il y aurait peut-être eu un bain de sang.

— Mais non, fit Denise. Une ou deux gifles peut-être, mais pas plus.

— Et t'aurais fait comment, toi ?

— J'aurais fait rester le type en haut en lui disant d'attendre un peu, le temps que j'aille chercher sa femme. Elle, je lui aurais soufflé les mots à dire : « J'ai fait ça en sachant pertinemment que tu allais venir. Tu penses bien que si j'avais voulu te trahir, je serais allée ailleurs, puisqu'il y a longtemps que je sais que tu y viens de temps en temps. Mais je ferme les yeux parce que je tiens à toi plus que tout. Je n'étais plus sûre que tu tenais à moi comme je tiens à toi. Alors j'ai voulu provoquer un électrochoc pour sauver notre amour. Crois-moi, ça m'a coûté de m'humilier à ces pratiques. Tu sais bien que j'ai horreur de ça. Je ne veux même pas qu'on regarde les pornos ensemble. Mais à partir d'aujourd'hui, je ferai des efforts. Je veux bien même, mais uniquement si tu le souhaites, t'accompagner dans des lieux comme celui-ci de temps en temps. Pour que nous partagions ce plaisir en toute complicité comme des amoureux, mais aussi comme des amis. Alors tu peux me chasser, me battre, tu en as le droit. Mais ce que j'ai fait ce soir, c'est pour nous sauver. C'est ça la vérité. »

— Et ça aurait marché ? demande Ours blanc, impressionné.

— Je pense que oui.

— Parce qu'à ton avis, la vérité c'était ce que tu viens de dire ?

— Absolument pas. En plus, je la connais bien, la

nana de Simon, c'est pas la première fois qu'elle vient se faire sauter. Mais elle s'est toujours arrangée pour éviter le face-à-face. De toute façon, il fallait bien que ça arrive un jour. Alors vérité ou pas, l'essentiel, c'est qu'ils se réconcilient.

— Donc, j'ai pas dit les mots qu'il fallait et j'ai peut-être fait une énorme gaffe. Et, si ça se trouve, il l'a massacrée en rentrant.

— Pas sûr. Qui te dit que les mots que je lui aurais soufflés, elle ne les a pas trouvés elle-même ? Tu sais, nous sommes des femmes et, dans le domaine du retournement de situation, vous ne nous arrivez pas à la cheville.

Ce qui était merveilleux avec Maman, c'est que son instinct ne la trompait que très rarement. Et cette fois-là, sa perspicacité allait encore renforcer (mais en était-il besoin ?) la fascination que Cheval du désert et Ours blanc avaient pour elle.

Vers une heure du matin, Simon et sa femme descendaient bras dessus, bras dessous, l'escalier du 106.

Ils se dirigèrent tout sourires vers le bar où tous les Indiens écoutaient Denise raconter l'épisode de la Synagogue de Jérusalem.

— Excusez-moi de vous déranger, mais je voulais vous remercier, fit d'emblée Simon à Ours blanc. Sans vous, j'aurais peut-être fait la connerie de ma vie. En fait, elle voulait me donner une preuve d'amour. Je pourrais vous expliquer, mais ce serait trop long.

« Et puis surtout ce serait inutile, pensa Ours blanc, puisque le mensonge de ta gonzesse, je le connais déjà. Bien vu, Maman ! »

Ils trinquèrent à l'amour et se mirent à parler de ses films. La convivialité et quelques verres aidant, Ours blanc eut, à un moment, le mouvement réflexe de flatter d'une main rugueuse la croupe de l'épouse épanouie.

Simon, qui l'avait remarqué, dit, aimable :

— J'allais justement vous le demander. Ce serait une manière bien agréable de vous remercier.

Déjà, ce scénario-là, tu le proposes en fiction, on te le jette à la gueule, mais quand tu connaîtras la suite, tu te diras que c'est vraiment trop, et pourtant, juré, c'est arrivé en vrai !

Dès qu'Ours blanc, dans la moiteur du coin « câlins », eut commencé de chevaucher sa « récompense », Simon lui tapa sur l'épaule et lui glissa entre deux soubresauts :

— J'ai le Caméscope dans la voiture. Ça nous ferait un souvenir. Mais ne vous inquiétez pas, je filme juste le bas, je vous promets !

L'énorme éclat de rire d'Ours blanc doit encore résonner dans le quartier tant il fut assourdissant.

De retour seul au bar, il prit Denise à part pour lui raconter l'incroyable proposition et il conclut :

— Tu vois, Maman, t'avais peut-être raison sur tout, mais moi j'avais raison sur une chose au moins… Simon, c'est un con !

Encore un souvenir à classer dans la grande « pinéothèque » du 106.

Il y en aura tant.

Un des derniers aura pour acteur Nuage sombre. Presque le même scénario que pour la mésaventure de Poney timide, mais avec un dénouement moins drôle.

Nuage sombre s'était enfermé dans les toilettes avec une épouse gourmande, hors de la vue du mari. Et pour lui, contrairement à Poney timide, pas question de touche-pipi précautionneux. Elle eut droit à la troussée royale.

Hélas, la réaction d'orgueil du mari, tant redoutée par Maman, se produisit. Il arriva au bar en furie.

— C'est pas la règle, hurla-t-il, je vais l'exploser, ce fumier.

Et, sans qu'elle puisse le retenir, il se précipita vers les toilettes et se mit à marteler la porte de coups violents. La porte s'ouvrit sur un tableau des plus expressifs : l'épouse nue, et Nuage sombre le pantalon sur les chaussures. Le mari se mit à envoyer quelques coups de poing à la volée, et c'est Denise elle-même qui vint arrêter le combat en intimant l'ordre au couple d'aller régler leurs comptes ailleurs.

Ils quittèrent rapidement les lieux. L'incident eût été clos si Nuage sombre, blessé dans sa fierté, ne s'était mis en tête de laver l'affront.

— Qu'est-ce qu'il croit, ce connard ? Je suis né dans la rue, moi. On me cogne pas comme ça. L'enfoiré, il m'a pris par surprise. Je vais lui faire voir qui je suis.

Et il se précipita dans l'escalier à la poursuite du couple.

Dehors, il faisait presque jour. La ville commençait à s'animer. Et c'est devant une trentaine de témoins médusés que Nuage sombre s'élança vers la voiture où venaient de prendre place le mari et la femme. Il tapa à la vitre, mais le mari refusa d'ouvrir.

Le moteur tournait. L'acteur, fou de colère, se coucha alors sur le capot de la voiture pour empêcher le mari de démarrer.

Celui-ci, pas plus impressionné que ça par la notoriété de Nuage sombre, enclencha la première et démarra violemment.

Les témoins, abasourdis, le virent s'envoler, retomber sur la chaussée et passer sous les roues de la voiture. Par bonheur, il se releva sans trop de mal.

Et de l'autre côté du trottoir, les bouchers matinaux, ignorant totalement les causes de l'altercation, eurent une réaction inattendue.

Ils applaudirent. Persuadés qu'ils assistaient au tournage d'un film, compte tenu de la personnalité de Nuage sombre et de l'arrivée par la porte du 106 de quelques Indiens, vedettes du septième art, venus aux nouvelles.

Le plus costaud des bouchers commenta, admiratif :

— Aussi fort que Bébel, il se fait même pas doubler !

C'était ça, le 106. Et ce fut ça jusqu'au 1er avril 1987, date de sa fermeture. Même pas une blague !

Depuis l'incident de la descente de police, le propriétaire des murs n'avait de cesse de vouloir virer Denise. Dans le bail qu'il avait cédé, il était fait état de l'usage des lieux comme discothèque.

Officiellement, c'en était une, puisque les gens y venaient danser. Mais l'affaire de la descente de police avait révélé sa véritable activité, que le propriétaire n'avait jamais eu auparavant l'idée d'aller vérifier. Denise avait bien proposé d'augmenter le loyer, mais en parfait puritain, il en faisait une question d'honneur.

Donc, en ce 1er avril 1987, Denise jette un dernier coup d'œil à ce lieu mythique où dorment tant de beaux et terribles souvenirs. Elle est debout devant le bar et son regard se pose une dernière fois sur chacun des endroits où elle peut voir des fantômes. La piste d'abord. Rien de plus morne qu'une piste de danse vide. Alors sa mémoire la remplit. Elle entend les musiques. *Frankie goes to hollywood, Supertramp, Police* et puis *Born... Born... Born... Born to be alive.*

Elle y revoit les belles de nuit brûlantes et trempées.

Elle y revoit les rugbymen déchaînés improvisant des mêlées furieuses, la chemise dehors, le torse épais et encore zébré des combats du jour. Leurs chansons paillardes. Leur amitié heureuse et violente.

Elle revoit les amours de banquettes. Les baisers tendres et les étreintes sauvages.

Elle revoit les femmes aux masques de cuir enchaînées et soumises ondulant sous le claquement léger des cravaches.

Elle revoit les solitudes, les doutes, les désespoirs.

Et en posant son regard sur le rideau entrouvert du coin « câlins », elle revoit les innombrables chevauchées libertines de ses montures les plus fidèles : Josy la Stakhanoviste, Maria la Hurleuse, Sophie la Fragile, qui sortait toujours en pleurant mais y revenait sans cesse, et puis Reine l'Unique, Reine la Reine, Reine la Douce, la tendre complice, Reine l'Amie avec un grand A, qui faisait si bien l'amour avec un grand tas !

Elle repense à ce couple d'Américains si attachant.

Un soir, Denise s'était immiscée dans le groupe de quatre garçons qui régalaient la grande femme blonde venue de Floride. Elle mit la main entre les cuisses de l'Américaine qui lui fit comprendre qu'elle désirait que cette main la fouille au plus profond.

Denise pénétra la jeune femme de sa main entière et même au-delà. Elle s'activa à lui donner tant de plaisir qu'elle déclencha un orgasme inouï. Au point que le mari la supplia de quitter la boîte pour venir vivre avec eux aux États-Unis, tant elle avait été la seule à faire jouir sa femme de cette manière. Ce qu'elle refusa, bien sûr, au grand désespoir des deux.

La lumière crue qui inonde le Club vide lui révèle plus que jamais les traces de chaussures, les rayures aux glaces, les trous de cigarettes aux fauteuils qui font la décoration de chaque discothèque et qui deviennent invisibles dès que les projecteurs s'allument.

Et elle pense à l'après.

Que deviendra l'endroit ?

Un restaurant à nouveau ? Une boutique ? Un appartement ?

Les fantômes viendront-ils rappeler aux nouveaux locataires les extases d'avant ?

Y aura-t-il de temps en temps une plainte, un cri d'orgasme qui suintera des murs comme pour prolonger le passé ?

Elle sourit quand même.

Son dernier regard sera pour le grand pan de miroir derrière le bar. Elle s'y regarde. Elle y voie une femme belle, élégante, racée. Et elle se dit que l'important n'est pas qu'elle s'y voie mais qu'elle puisse s'y regarder en face. Sans avoir à rougir de rien. Sans remords, sans regrets.

Et puis, sans se presser, Sacha dans les bras, elle remonte une dernière fois le petit escalier. Quand la porte claque derrière elle, elle a la sensation d'entendre le bruit d'une porte de prison. Comme si elle était enfermée dehors.

Surtout, elle se dit à ce moment-là que, pour le coup, l'armoire de sa vie cette fois est déjà bien pleine.

Pas autant que tu crois, Maman, pas autant que tu crois !

Ce qu'elle ne sait pas encore, c'est que six mois plus tard, elle ouvrira le petit frère du 106, le 41, et que la rue Quincampoix remplacera la rue Saint-Honoré. Elle ne sait pas que les aventures qui l'attendent seront encore plus pleines de folies, de débauches, de drames et d'amis fidèles. Elle ne sait pas non plus, qu'un matin de 1996, elle quittera le 41 pour vivre le cauchemar d'une nouvelle et sauvage agression. Elle ne sait pas que dans l'ombre, un fauve blessé n'attend qu'une chose : la retrouver pour la mettre en pièces.

X

41, Loir et… chair

— Joyeux Noël, les filles ! lance Yves, le maton, en poussant la porte de la cellule.

Et il dépose sur la petite table deux assiettes, contenant chacune un minuscule bout de bûche orné d'un petit sapin en plastique vert.

— Vous êtes vernis cette année, y a une gentille association qui pense à vous. Bon, c'est pas du frais, frais, mais c'est pas grave, c'est le geste qui compte, hein, le Gris. Oh ! tu pourrais me regarder quand j'te cause.

Le Gris, c'est Nordine. Il est allongé, pieds nus en jean et tee-shirt, sur le petit lit de gauche, les yeux fixés au plafond. À droite, le gros Luis ne s'est même pas réveillé.

— On se croirait à Monaco. Pas l'été avec le soleil et les gonzesses. Non, un jour de Grand Prix, lance Yves en riant.

Le gros Luis émet un grognement sourd, se retourne et continue de dormir en ronflant comme un quinze-tonnes…

— Dis, l'arbi, t'as pensé à ta mère ? Faut toujours penser à sa mère le jour de Noël. Si ça se trouve, en ce moment, elle est en train de se faire défoncer la gueule par une ordure comme toi. C'est tellement bon de massacrer des petites dames sans défense, hein, tapette !

Nordine se redresse.

— Ah, il réagit, mon p'tit beur. Peut-être il va être violent, l'inconscient. Personnellement, je lui conseille pas.

Nordine attrape ses cigarettes sur l'étagère, en allume une, et s'allonge, les mains derrière la tête, toujours sans un regard pour le maton.

Yves fait quelques pas dans la cellule, prend un petit tabouret et s'assoit au bord du lit, le visage à dix centimètres de celui de Nordine.

— Tu veux que j'te dise, j't'aime pas, racaille. Si j'avais le droit, je te prendrais d'homme à homme, à la régulière, et je te mettrais la branlée du siècle. Mais c'est pas autorisé. Les droits de l'homme. Tu connais ? Oui, bien sûr. Par contre, les droits de la femme, tu connais pas, hein, salopard ? Tu vois, dans cette taule j'ai plein de potes : des braqueurs, des filous, des proxos, des dealers. Toi, t'es la pire des races avec les pointeurs. Attaquer les bonnes femmes seules, quel courage ! Quelle classe ! Et quand je dis « la pire des races », je veux pas dire « bougnouls », parce que ce serait un Breton qui fracasserait les gonzesses seules, je le vomirais pareil. Le problème, c'est qu'il y a zéro Breton enchristé pour ça ici. Y a que des comme toi. C'est pas du racisme, c'est de la comptabilité.

Le visage d'Yves s'est rapproché. Nordine lui tourne le dos et se colle contre le mur.

— Elle boude l'aziza ? Écoute-moi, poursuit Yves à voix basse, grâce à toi je vais me faire un Noël de rêve. Tu sais, la gonzesse que t'as démontée avec ton pote Bamboula, et à cause de laquelle t'es là pour cinq ans, elle s'appelle Denise. Et j'ai appris que la belle Denise, elle tient une boîte de cul rue Saint-Honoré. Alors ce soir, tu sais quoi ? Je récupère ma pote Martine et je vais m'éclater là-bas à ta santé. Elle est bonne, Martine. Elle est maton elle aussi, à Fleury. Et puis elle est chaude comme la braise. Et tous les deux, on va aller s'exploser le cul chez la dame qui fait dans la touze. Tu veux que je lui passe le bonjour de ta part ?

— Je voudrais que tu me laisses tranquille, murmure Nordine dans un souffle.

— Ben voyons, sourit Yves. Monsieur a ses exigences. Je vais te laisser tranquille. Mais avant, laisse-moi te faire ton cadeau de Noël.

Et il susurre langoureusement :

— Ma copine Martine, elle a un cul magnifique. Ce soir, elle va mettre ses bas, des noirs. Et moi, je lui lécherai sa petite chatte parfumée. Et elle me prendra la queue entre ses seins superbes. 95 D, tu te rends compte ! Et peut-être arrivé là-bas, y aura ta sœur en train de se faire mettre par une dizaine de mecs. Si elle est là-bas, ta sœur, tu veux que je te ramène son slip ?

Les jointures des doigts de Nordine craquent tellement il les serre fort.

Yves se redresse, et en l'embrassant dans les cheveux conclut :

— Allez, branle-toi, et joyeux Noël, fumier !

La porte de la cellule s'est refermée. C'est la grosse voix de Luis qui vient rompre le silence.

— Il va pas faire bon pour lui quand on va sortir.

Nordine ne répond pas. Il allume la télé : du cirque comme à tous les Noëls. Le lion s'allonge sur le dompteur et lui lèche affectueusement le visage. Il change de chaîne : la savane. Un lion dévore une gazelle qui se débat sans espoir.

On n'est sauvage que selon l'endroit où on naît et l'éducation qu'on reçoit. Mais un fauve, c'est pas né pour être en cage. Il éteint.

Noël, ça le gonfle. À Noël chez lui, son père tapait sur sa mère. Lui, à huit ans, rôdait dehors. Mais ça n'a jamais été une excuse.

Même pas au procès. Il n'a pas voulu qu'on en parle. Il s'est fait prendre, il paye. Point barre.

C'est pas comme son copain d'agression, le grand Black qui, lorsque la blonde qu'ils avaient agressée avait dit à la barre qu'il avait un regard de fou camé, avait tenté de se justifier :

— Monsieur le juge, je prends des cachets, je suis malade, ç'est ça qui me donne ce regard, mais je me drogue pas et je ne suis pas méchant.

Pitoyable ! Lui, Nordine, n'avait rien dit. Il s'était contenté de fixer pour toujours dans sa mémoire les grands yeux bleus, et la tignasse frisée blonde de la femme qu'il avait agressée deux ans plus tôt.

Depuis, il en avait agressé d'autres, mais c'était à cause de celle-là qu'il était dans le box. Elle devait avoir des relations. La juge d'instruction avait mis deux longues années, mais elle n'avait pas lâché le morceau. C'était une coriace. Elle avait gagné. Cinq ans de placard.

Il ne lui en voulait pas plus que ça, à la juge. C'était la règle du jeu.

Et quand une association antiraciste avait voulu porter plainte parce qu'au moment de l'arrestation il s'était fait massacrer par les flics, il avait éclaté de rire.

— Cassez-vous, bandes de nazes. Tout ce qui vous intéresse, c'est la thune que vous faites sur notre dos. Je sais pas si vous êtes pas pire que les keufs. J'ai choisi mon camp. Un coup je gagne, un coup je perds. Vos indignations, je m'en branle parce que ça n'a rien à voir. Tout ça c'est de la politique et si je compte sur la politique pour m'en sortir, je resterai toujours au fond. Alors lâchez-moi. De toute façon, un an, dix ans, c'est pas la question. Quand je ressors, je recommence. Parce que j'ai pas le choix. C'est la guerre. Et moi, je suis un guerrier. J'ai pas d'états d'âme, j'en ai pas les moyens.

Alors il a pris cinq ans. À cause de Denise. Ou plutôt non, à cause de lui-même, et il le sait. Mais c'est la guerre. Alors Denise, dès qu'il sera dehors, il la finira. Promis.

Martine était jolie.

Ce n'était pas l'image traditionnelle qu'on pouvait se faire d'un maton. En plus, ce soir de Noël, maquillée, et fringuée supersexy, on l'imaginait mal « Junkie-sitter » dans une taule pour femmes.

Parce qu'elles étaient toutes camées ou presque dans les sales cellules où elle gagnait sa vie cinq jours par semaine. C'était pas son rêve de vie. Mais il fallait bouffer. Alors, ça ou autre chose… Et puis c'était quand même mieux que la caisse chez Leclerc. Là, il y avait un vrai contact, une mission même. Les comprendre, les aider à traverser le tunnel. Elle faisait ce qu'elle pouvait.

Mais quand elle rentrait le soir dans son petit appartement, il lui fallait du temps pour effacer les cris, les bastons, les visages malades de beaucoup d'entre elles qui se creusaient de plus en plus à cause de ce nouveau mal dont on parlait partout.

Alors, pour se nettoyer, elle faisait la fille. Elle se féminisait un maximum, et elle allait lâcher son trop-plein de tristesse dans une overdose de plaisir.

C'est la caractéristique commune à toutes ces filles de peine, infirmières, aides-sociales, qui côtoient la douleur à longueur de journée et dans les rangs desquelles on trouve un nombre incroyable de fêtardes et de nymphomanes. Les machos les disent salopes. Elles ne sont que dévouées et tellement collées aux drames qu'il faut bien qu'elles lâchent la pression d'une manière ou d'une autre sous peine de devenir un jour pensionnaires des endroits où elles sont employées.

Yves avait fait deux fois le tour du pâté de maison en voiture avant de situer la petite porte noire de la rue Saint-Honoré. Apparemment, c'était fermé. Pourtant un ami lui avait raconté son Noël de l'an dernier avec des étincelles dans les yeux.

— Si c'est Denise que vous cherchez, c'est plus là ! lança dans leur dos une petite femme laide en habits sales.

Yves et Martine se retournèrent vers la clocharde.

— Et c'est bien dommage, ajouta-t-elle, elle était si gentille, madame Denise. Toujours une petite pièce. Même qu'un jour où il faisait très froid, elle m'a laissé dormir dans la boîte toute une journée. La journée seulement. J'aurais pas osé rester le soir. J'aurais eu trop peur pour mes vieilles fesses. Y en a qu'ont peur de rien.

Et elle ajouta avec un sourire édenté :

— Si vous me donnez une petite pièce, je vous dis où elle est maintenant.

Et une demi-heure plus tard, Yves, délesté de cinq francs, et Martine d'un gros billet et de deux paquets de cigarettes (on se refait pas), sonnait à une autre porte noire, au 41 de la rue Quincampoix.

C'est là que se situait le nouvel antre de dame Denise. Une autre adresse où les vieux habitués du 106 avaient suivi, et où une multitude de nouveaux allaient découvrir les plaisirs du libertinage et de la fête.

Le nom de baptême du lieu avait été trouvé sans chercher : le 41. C'était une évidence !

Le décor y était pratiquement le même qu'au 106. Sauf que le vestiaire était à gauche tout de suite en entrant. Les toilettes, plus spacieuses, étaient aussi au rez-de-chaussée. Il y avait face au vestiaire, et ça c'était nouveau, une pièce masquée par un rideau (rouge évidemment) dans la pénombre de laquelle tournaient en boucle des films pornos sur un écran de télévision. Au sous-sol, la piste de danse, le bar et le coin « câlins », plus spacieux, dans le prolongement de la piste, sans séparation.

Après la fermeture du 106, Denise avait cherché un autre endroit. Il était hors de question d'abandonner la merveilleuse aventure. Ça avait mis six longs mois. Et au mois d'octobre 1987, elle inaugurait en grande pompe et avec tous ses amis célèbres ou anonymes le nouveau symbole des nuits de débauche de la capitale.

Ils avaient tous déménagé avec elle : Reine, Marie-Claude, Sonia, les Indiens, les couples, les travestis, les esclaves. Comme si le film continuait après une pause. À la différence près que, dans ce cas-là, on continuait à sucer les esquimaux après l'entracte !

En ce soir de Noël 1987, le 41 étincelait de mille feux.

Même là, on respectait la tradition. Un sapin, des guirlandes.

Bon, pas de crèche et pas de petit Jésus, bien sûr, ne blasphémons pas ! Peut-être une Marie, alors, mais sûrement pas vierge.

Par contre, Reine était déjà à l'œuvre sur la banquette avec un Balthazar monté comme un âne et qui soufflait comme un bœuf !

— Madame Denise ? questionna Yves assis au bar,

pendant que Martine se contorsionnait déjà sur la piste sur *Les démons de minuit.*

— Oui ?

— Je m'appelle Yves, c'est des amis d'Évry qui m'ont conseillé de venir. J'ai une petite info pour vous.

— Laquelle ?

— Je suis maton à Fresnes, c'est moi qui m'occupe de celui qui vous a attaquée, Nordine, le petit Arabe. Rassurez-vous, je lui fais pas de cadeau à cette petite ordure.

— C'est bien, laissa tomber Denise, les yeux tristes, je peux vous offrir quelque chose ?

— Une coupe.

— Méfiez-vous quand même, reprit Yves, ce genre de racaille, je connais bien. Ça a la vengeance dans le sang, et avec les remises de peine de ces enculés de juges, il fera sûrement que deux ou trois ans sur cinq.

— Ne vous inquiétez pas pour moi, j'ai un garde du corps maintenant.

Jingle Bells résonna dans la sono. Et une créature inattendue fit son apparition dans l'escalier sous les bravos.

Une créature dont on parle, mais qu'on ne voit jamais. Enfin, qu'on ne voit que là, parce que Denise a eu l'idée depuis les premiers Noëls au 106 de la convier à venir distribuer ses cadeaux.

La mère Noël. Une superbe brune vêtue uniquement de bas et de porte-jarretelles sous la traditionnelle cape rouge et blanche. Elle fit une entrée triomphale. Dans sa hotte, des cadeaux, des vrais. Des tee-shirts, des briquets, des bouteilles, des préservatifs. Ce soir-là, elle distribua tout en moins de dix minutes. Puis, sur la musique d'un chant de Noël remixé, elle fit un langoureux strip-tease, avant d'aller se faire remplir sa hotte personnelle sur la piste de danse par quelques Rois mages de circonstance.

Et la soirée continua entre rires et chaleur, amour et étreintes. Une messe de Noël, quoi !

Martine, le maton, quitta la boîte au bout d'une heure, laissant Yves s'éclater sans elle.

Elle en avait trouvé un tellement gentil et beau qu'elle avait finalement passé son temps à seulement lui parler, lui raconter sa vie. Il était fasciné par le fait qu'elle soit maton. Elle avait accepté sa proposition d'aller faire l'amour chez elle, juste tous les deux. Ça arrivait parfois. Elle avait failli le regretter.

Une fois chez elle… la panne ! Alors qu'elle portait sur elle toute la panoplie sex-shop à réveiller un mort : bas résille, culotte fendue et tout le toutim. C'était bien la peine !

Elle comprit soudain pourquoi il avait insisté autant pour la raccompagner quand il avoua :

— Tu sais ce qui me ferait vraiment bander ?

— Non.

— S'il te plaît, pose ces trucs de pute, habille-toi en maton.

Et ce fut royal. Ah, le prestige de l'uniforme !

Ainsi donc, la vie folle, païenne et insouciante avait repris son cours. Et Denise était heureuse. Denise riait, virevoltait, assemblait les couples, et exhibait son clitoris légendaire.

À minuit, elle téléphona à Sacha pour lui souhaiter joyeux Noël.

Et puis Denise, en ce soir d'amour, confessa encore, évidemment.

Il y avait une nouvelle tribu d'Indiens qui venait de plus en plus au Club : les comiques stars.

Un métier qui prenait de plus en plus d'importance.

Coluche s'était tué à moto l'année d'avant. Le Luron était mort d'une maladie qu'ils avaient tous appelée « cancer » parce que c'était plus acceptable.

Alors commençait à émerger une multitude de repreneurs de flambeau, qui faisaient profession d'humour et qui brûlaient leurs nuits d'après-show entre luxure et surtout came.

Car tout s'était accéléré. En même temps que le changement d'adresse de Denise. Comme si symboliquement une époque était révolue.

La drogue s'était faite plus présente, plus sournoise. Le sida assassinait chaque jour des dizaines d'inconscients qui n'avaient pas pris la menace au sérieux. Et le peuple avait besoin de rire. Et les comiques de pleurer. Car ce n'est pas qu'une image, le clown triste.

Après leurs shows dans les théâtres ou cafés-théâtres parisiens, ils étaient nombreux à venir finir la soirée au 41. C'était leur « after » à eux. Bien sûr, ils venaient pour le sexe, mais aussi pour prolonger leur show au bar. Quand un plombier venait, il ne demandait pas à vérifier le bon fonctionnement de la tuyauterie. Les comiques, eux, étaient la seule catégorie professionnelle à faire des heures sup.

Il faut dire que ça donna lieu à de grands moments de rigolade.

De l'humour gras, quand Corne d'aurochs testait un nouveau sketch sur les différentes façons d'utiliser le papier hygiénique aux toilettes.

Et puis l'humour plus élégant de Tomahawk, surnommé ainsi tant ses répliques spontanées étaient fines, coupantes et cruelles.

Un soir, assis au bar, il contemplait Taureau furieux, un comédien massif, rigolard et macho, affalé sur une banquette entre quatre minettes gloussantes.

Le comédien se pavanait, éclatant bruyamment de rire, jouant les séducteurs, racontant, avec mille détails indécents à ses dindes d'un soir, les multiples aventures de sa bite dont au moins les trois quarts étaient inventées.

Tomahawk sourit, et dit à voix basse à Chemise blanche assis près de lui :

— Tu vois, machin là-bas, il est malheureux et il ne le sait pas... Je vais aller le lui dire.

Cruel, fin et beaucoup plus drôle dans ses réparties quotidiennes qu'à la scène, tel était Tomahawk !

Amusé par la maladresse lourde du dragueur de pacotille, il se permit même ce soir-là de débaptiser Taureau furieux de son nom d'Indien pour lui trouver un nouveau surnom : le Dandy manchot.

Parmi les imitateurs, il y en avait un qui, outre un réel talent novateur, avait aussi la particularité d'être hétérosexuel, ce qui dans cette profession était une exception. Son nom d'Indien était Peintures de guerre.

Un soir, on le vit chevaucher une cinquantenaire provinciale sous les yeux du mari émerveillé, en commentant chaque soubresaut avec les voix successives de Chirac, Coluche, Johnny et Georges Marchais.

Le mari, mort de rire, le sollicita aimablement :

— Fais-lui aussi des acteurs, elle est folle de cinéma.

— D'accord, fit Peintures de guerre. En plus, je vais la prendre en levrette, comme ça, en n'entendant que la voix, elle pourra croire que ce sont les vrais.

Et, la tête enfouie dans les coussins, la veinarde eut droit aux hommages de Depardieu, Belmondo, Brasseur, Delon, Galabru, Bohringer, Huster, Lambert et Léotard.

Le must de la performance fut qu'il y avait ce soir-là, au 41, un des acteurs imités, en chair et en os.

À vous de deviner lequel.

Toujours est-il que la cinéphile n'eut même pas le plaisir de s'apercevoir qu'à un moment, c'était le vrai qui la sodomisait. Le mari, complice hilare de la farce, ne lui dévoila la substitution qu'en toute fin de soirée !

Donc, les humoristes, qui étaient pléthore en cette période, donnaient au 41 un petit air de fête supplémentaire. Et Denise en était pleinement heureuse. Même si souvent, une fois leurs sexes vides et leurs déconnades de façade balancées à l'encan, les clowns tristes allaient se recroqueviller au fond du coin « câlins », l'œil mélancolique.

Celui qui avait le blues, en ce soir de Noël, c'était Plumes d'ara.

Un nouveau roi du rire. À la scène comme à la ville, il portait toujours des tenues bariolées, gaies comme lui.

— Ça va pas ? demanda Denise en débarrassant deux verres vides.

— Pas trop, non.

— C'est grave ?

— Plutôt, oui... euh... ben, voilà... euh... je suis pédé...

— Ça, c'est pas vraiment un drame.

— Pour moi si, c'est récent, et j'ai du mal à m'y faire.

— Depuis combien de temps ?

— Dix minutes.

— Ah, évidemment...

Elle s'assit près de lui.

— Dans les toilettes avec Mina, expliqua Plumes d'ara, la tête baissée.

Voilà encore un attelage incongru : Mina et Daniéla étaient deux travestis qui, outre la particularité d'être sud-américains, ce qui est assez courant dans les nuits parisiennes, offraient aussi celle d'être frères. De vrais frangins, aussi déjantés l'un que l'autre.

— Et ça te pose un problème ? demanda Denise.

— Ben plutôt… Par rapport à ma gonzesse.

— Tu connais le proverbe : « Sucer, c'est pas tromper, et dans le cul ça compte pas ! »

— Oui, mais là c'est dans le mien, répliqua-t-il en retrouvant un peu de son âme de rigolo.

— Ça t'a fait quoi ?

— Comme je dis dans un sketch : « C'est comme les impôts, c'est le premier tiers qui fait mal ! »

— Tu vois, vaut mieux en rire. Et puis, c'est la première fois qui coûte, tu vas t'habituer.

— J'espère bien que non, tu te rends compte, je vais plus pouvoir regarder mes gosses en face.

— Et pourquoi ?

— Parce que ça a été une pulsion. J'étais défoncé. J'ai pas mesuré. Maintenant je réalise, et ça me mine grave.

— Je te jure qu'il n'y a pas de quoi en faire un drame. Tu t'es fait enfiler, la belle affaire ! C'est courant, tu sais, et chez des mecs très bien, et beaucoup plus que tu crois. Alors bien sûr, il y a ton orgueil de mâle à la con, mais est-ce que tu y as pris du plaisir au moins ?

— J'ai bien peur que oui.

— Et alors, tout va bien ! T'as plus qu'à recommencer.

— Ça m'étonnerait !

— Et moi, je te dis que tu recommenceras. Bourré ou défoncé au début. Et puis après, même lucide. Parce que si tu veux être heureux, il faut pas que tu te mentes. C'est la clé de tout, ne pas se mentir. Tu les as vus, ceux qui trichent, qui freinent leur libido, parce que ce serait pas correct. C'est ceux-là qui font les pires pervers dans la vie. Ils défoulent leur refus d'être ce qu'ils sont sur les autres en étant tordus, méchants. T'es pas un méchant, toi...

— Je crois pas.

— Alors assume, c'est le mieux. Fais confiance à Maman, et viens faire le con au bar, ça va te détendre.

Plumes d'ara hocha la tête en signe d'acceptation puis sortit de sa poche un petit papier qu'il déplia sur la banquette. C'était pas du talc.

— T'es gentil, mais pas de ça ici, fit Denise, sévère.

— C'est juste pour me filer la pêche, sinon je suis pas drôle.

Denise s'emporta :

— Mais qu'est-ce que vous avez tous avec cette merde ! Tu veux que je te dise, ça vous donne l'illusion d'être meilleurs, en fait, vous n'êtes pas meilleurs, mais quand vous êtes mauvais, vous ne vous en apercevez pas, c'est tout ! Allez, range-moi ça ou je te la jette dans les chiottes.

Elle se leva. Et puis soudain, comme si elle avait eu une apparition, elle se précipita vers le bar, les bras tendus avec un large sourire.

Et elle tomba dans les bras de Grand Sachem.

— Oh, que tu es gentil d'être venu. Tu t'emmerdais en famille ?

— Non, je les ai juste abandonnés une demi-heure pour passer t'embrasser et te porter ton cadeau.

Il lui tendit un paquet entouré d'un ruban doré.

— Tu l'ouvriras quand je serai parti. Je ne te dis pas ce que c'est, mais si elle te plaît pas, j'étrangle le bijoutier.

Denise lui donna un énorme baiser tendre. Elle avait rencontré Grand Sachem quelques mois auparavant seulement, un peu avant la fermeture du 106. Pendant toute la période intermédiaire, en attendant l'ouverture du 41, ils étaient beaucoup sortis ensemble. Et il s'était installé une vraie complicité, une histoire d'amour-amitié comme il en existe souvent entre une femme comme elle et un homo pur et dur.

Grand Sachem plaisait aux femmes, mais la réciproque était impossible. Il était grand, beau. Il avait une prestance étonnante.

C'était, de plus, un grand manitou du show-biz. Cultivé et élégant. De quoi faire se pâmer les plus belles. Seulement voilà, il les aimait jeunes, beaux, et si possible musclés et tendres. Pour lui, Maman c'était maman, mais c'était aussi papa. En tout cas, en quelques mois, elle était devenue essentielle à sa vie faite de succès et de réussites, donc aussi d'une immense solitude.

— Ça va t'étonner, mais il y a un nouveau dans ta « famille », fit-elle en montrant Plumes d'ara qui faisait son show privé sur la banquette en bord de piste à quelques provinciaux comblés par cet extra spontané.

— Non ! fit Grand Sachem, réellement étonné. Franchement, celui-là, j'aurais pas cru.

— Ça t'intéresse ?

— Tu plaisantes, j'espère. Ah ! non, j'aurais l'impression de me taper Zavatta. Et puis tu sais bien que…

Il s'interrompit, le regard vide.

Oui, elle savait. Grand Sachem était amoureux. Et l'autre passait le plus clair de son temps au lit des femmes, comme disait la chanson.

Alors, encore une fois, Denise remit sa « cornette ». Mais là, elle s'appliqua un peu plus parce que celui-là, c'était un vrai ami, un de ses meilleurs avec Cheval du désert et Chemise blanche.

Tiens, ça faisait longtemps qu'elle ne l'avait pas vu, Chemise blanche. Et, bien sûr, comme il n'y a pas de hasard dans les histoires d'absolu, c'est à ce moment-là qu'on la demanda au téléphone.

— Joyeux Noël, Maman ! lança Chemise blanche au bout du fil.

— Merci, chéri, tu bosses ou t'es en famille ?

— En famille, la totale. J'espère que vous vous éclatez.

— C'est chaud bouillant. Ça baise partout. Et toi ?

— Ben, y a bien la dinde aux marrons, mais ça serait pas correct.

— Non, je veux dire, et toi… ta femme ?

— Ça roule. C'est pour ça que tu me vois moins. Et tu sais quoi ? Je picole plus.

— Du tout ?

— Du tout. C'est un peu dur, mais je tiens. Et puis il y a les gamins. C'est la première fois que j'ai les deux sous le sapin. Dix-septième Noël pour le premier, septième pour le second. Allez, bisous tchao, je t'aime.

Il avait raccroché avant qu'elle ait eu le temps de lui dire « Moi aussi ». Et Dieu sait s'il en aurait besoin, de cet amour-là. De cet amour d'église.

En ce beau Noël 1987, il était bien loin d'imaginer que, pour son fils aîné, il n'y aurait jamais de vingtième Noël.

Mais ce genre de drame est-il imaginable ?

XI

Sales gosses… sale vie

Nordine aura fait précisément deux ans, neuf mois six jours et trente-deux minutes.

Il est sorti de taule le 26 juin 1990.

On est le 29, il est deux heures du matin, et il est appuyé dans l'obscurité contre une porte à une dizaine de mètres de l'entrée du 41.

Il a envoyé un copain, ce matin, questionner innocemment la concierge de la rue Marmontel pour vérifier que celle qu'il voulait retrouver habitait toujours là. Il a bien fait. Il a appris que Denise avait déménagé. Où ? Maria n'avait pas voulu le dire.

Il n'avait pas eu beaucoup de mal à trouver l'adresse de la nouvelle boîte. Il en avait eu plein les oreilles du 41 et de ses dérives chaque fois qu'Yves voulait le persécuter. Celui-là, il s'en occuperait plus tard. Le temps. Histoire que la flicaille ne remonte pas tout de suite à lui.

Là, il attend qu'elle sorte, pour la suivre discrètement à moto, afin de repérer sa nouvelle adresse. Après il avisera. Mais il a déjà sa petite idée. En passant par les toits. La police l'a bien surnommé Nordine le Chat.

Le hasard d'une conversation volée va le pousser à remettre à beaucoup plus tard son projet de vengeance.

Deux couples viennent de quitter le 41. Ils bavardent, en remontant la rue Quincampoix.

— C'est pas pareil, quand Denise n'est pas là.

— On reviendra mi-juillet, elle est au Brésil pour quinze jours.

« Profite bien de tes quinze jours, salope, pense Nordine, un peu déçu, ce seront les derniers… T'en fais pas, je reviendrai. »

Et il se dirige vers sa moto. Faute de Denise, s'il veut se régaler un peu, il faut changer de quartier. Ici, près des halles, il y a trop de flics. Et puis plus loin, à l'ouest, le début de l'été c'est une bonne saison pour les femmes seules.

Le fleuve Amazone est majestueux. Les forêts qui le bordent à la fois rassurantes et inquiétantes.

Cette fois, Denise n'est pas partie seule en voyage. Elle a emmené Véronique, une amie.

Le gros bateau les a embarquées à Manaus, direction Belém. Et puis, à mi-chemin, elles ont changé pour une longue barque plate qui les a transportées, sur un affluent, dans un village d'Indiens (des vrais) en pleine forêt amazonienne.

On se croirait dans une chanson de Lavilliers. La nuit est tombée depuis longtemps. Une nuit chaude, moite.

Les Indiens, chaleureux, les ont conviées à partager leur dîner au son des guitares et d'instruments de percussion tous plus curieux les uns que les autres. La caïpirina, à base de cachaça et de citron vert, commence à faire son effet euphorisant.

Denise se sent bien. Elle est bronzée. Superbe.

Elle se risque à danser, comme elle le fait parfois sur la piste du 41.

Là-bas, quand elle le fait, les clients la regardent,

mais sans plus. L'habitude et puis tant d'autres choses à faire.

Ici, elle se sent tout à coup transpercée par des dizaines de regards curieux et émerveillés.

Sa blondeur, la manière dont elle fait voler sa robe légère, dévoilant de temps en temps au passage un peu de son sexe, il y a de quoi rendre fou même l'Indien le plus sage.

Eux rient à gorge déployée, plus que ravis du spectacle.

Celui qui s'est dit s'appeler José, le guide, indien aussi, ne rit pas. Il est hypnotisé. Ses yeux noir charbon ne quittent pas une seule seconde le déhanché provoquant de Denise.

Et puis la musique, saccadée, se fait balade. Maman a la tête qui tourne un peu. Elle se sent comme transportée, comme planant à deux mètres du sol.

— Je suis sûre qu'ils nous ont mis des racines hallucinogènes dans la tambouille, glisse Véro entre deux éclats de rire.

— C'est bien possible, répond Denise.

C'était sûrement vrai puisque le reste, elle ne se le rappellera que par bribes le lendemain. Elle se souviendra vaguement de deux ou trois Indiens commençant à la frôler d'un peu plus près jusqu'à ce que José lance une longue phrase dans un dialecte inconnu, avec une autorité qui fera le vide autour d'elle.

Les images d'après, c'est la longue barque qui glisse doucement sur une eau sombre pleine de petits points rouges. Ah ! ça y est, ça lui revient, les points rouges, ce sont les yeux des crocodiles. C'est ça : José et elle sont partis en pleine nuit à la pêche au crocodile.

Elle le revoit en sortir un de l'eau à mains nues, l'exhiber devant elle et le lui offrir. Elle se souvient d'avoir fait un bond, au point de presque faire chavirer la barque, et d'avoir pensé que ça ferait un beau sac.

Et sa mémoire lui dessine José s'approchant doucement d'elle, la caressant, et lui disant en anglais une phrase du genre :

— Ou tu es très gentille avec moi, ou c'est toi qui vas servir de sac aux crocodiles.

Toujours est-il qu'en se réveillant le lendemain dans sa case, elle en déduisit que si elle était bien vivante, c'est qu'elle avait dû sacrifier son corps à l'éducation sexuelle des peuplades reculées d'Amazonie. Il n'y a pas de petits sacrifices quand il s'agit d'apporter son obole au sous-développement du tiers-monde !

Le problème, c'est que devant sa case sont entassés une dizaine de cadeaux qui vont d'une lance de guerre à un empilement en forme de cœur de fruits sucrés, en passant par un singe mort et son portrait vulgairement dessiné sur un bouclier de bois.

José est assis en tailleur, le regard vers le ciel. Il psalmodie des incantations à voix basse.

Il va le lui expliquer, mais elle a déjà deviné : il est amoureux et il lui propose d'aller finir le reste de ses jours dans une tribu bien plus enfoncée dans la forêt.

Même si Paris est pollué, et qu'elle en a marre des contraventions, ce n'est pas une proposition qui l'emballe vraiment. Le retour à la vraie nature, si plein de charme soit-il, elle veut bien le vivre, mais avec Nicolas Hulot, devant sa télé, bien au chaud dans sa maison du Limousin.

— C'est beau aussi, le Limousin, lui dit-elle en anglais en le prononçant au hasard « Limousine ».

Lui, qui a compris voiture de luxe, lui fait un long couplet sur la mauvaise odeur de l'argent. Chez lui, la société s'organise seulement autour de l'amour, et la monnaie d'échange, c'est le partage. Sa tribu est pacifiste, libre, et les femmes y vivent presque toutes jusqu'à cent ans.

Et il lui assène le dernier argument sans savoir l'énormité de sa proposition pour une femme comme elle :

— En plus, c'est le contraire des règles de chez vous, dans ma tribu tout le monde vit nu, et on fait l'amour avec qui on veut.

Elle partit dans un fou rire qu'elle essaya bien de contrôler pour qu'il ne croie pas qu'elle se moquait de lui, mais rien n'y fit. Il se leva, le visage imperturbable, et s'éloigna sans bruit en pleurant. Elle s'en voulait de lui avoir fait de la peine, mais la dernière proposition était vraiment un sommet dans l'art du quiproquo.

— Ça me rappelait trop le bureau, s'esclaffe Denise au bar du 41, en racontant à Grand Sachem sa mésaventure amazonienne.

Elle est rentrée il y a deux jours. La vie joyeuse et coquine a repris ses droits. Elle a déjà décidé du prochain voyage : ce sera l'Afrique du Sud.

— Tu verras, ce sera inoubliable, dit Grand Sachem.

— Comment tu peux le savoir ? Tu n'y es pas allé, tu ne prends jamais l'avion.

— Inoubliable pour eux, réplique Grand Sachem. Denise à Kimberley, ils n'auront jamais vu un diamant aussi pur !

Et Denise l'embrasse à pleine bouche, puis lui murmure à l'oreille :

— Je t'adore.

Grand Sachem, en s'essuyant discrètement le bord des lèvres, lui dit tendrement :

— Quel dommage que tu n'aies pas une bite.

— Mon rêve, s'écrie Denise, une chatte et une queue… Quel pied !

C'est à ce moment-là que Soleil blanc, le chanteur, assis sur le tabouret voisin, éclate en sanglots.

— Qu'est-ce qui t'arrive ? s'inquiète Denise.

— Mes petits sont en vacances en Afrique du Sud avec ma femme.

— C'est formidable, s'enthousiasme Grand Sachem, il n'y a pas de quoi pleurer, c'est pas dangereux, aujourd'hui, l'Afrique du Sud, et quand ils rentreront…

Soleil blanc le coupe :

— Quand ils rentreront, je ne les verrai qu'une semaine plus tard, et encore, quelques heures seulement. Le droit de visite, ça s'appelle. Eh oui, je visite mes enfants, comme à Fresnes. Salope ! Quand je vais les voir, je ne peux même pas entrer dans la maison. Ma maison, mes gosses, elle m'a tout pris, la salope !

Denise attrape Soleil blanc par le cou, et lui glisse doucement :

— Ils sont en bonne santé, tes petits, c'est ça le plus important. Imagine que tu en aies perdu un, ou les deux. Quand je dis « perdu », je parle de la Mort, la vraie, avec une majuscule. Ça, c'est le chagrin le plus abominable. Garde tes « Salope ! » pour la Vie, si un jour elle te fait une dégueulasserie de ce genre. Et puis, patiente. Ça grandit, un enfant, et puis ça comprend, et puis ça choisit tout seul. Crois-moi, plus elle t'empêchera de les voir, plus vite ils reviendront vers toi.

Soleil blanc essuie ses yeux, puis les lève vers Denise et prononce ces mots terribles :

— Tu sais, Denise, le soir, avant de me coucher, je vais déposer sur la table de la cuisine des miettes de pain…

Grand Sachem et Denise le regardent sans comprendre. Il ajoute, désespéré :

— Pour me faire croire, le lendemain quand je me lève, qu'ils viennent de partir à l'école.

Qu'est-ce que tu veux dire après ça ?

Heureusement qu'un arrivage bruyant vient détourner l'attention, Denise était elle aussi sur le point de fondre en larmes.

Mais le vent de folie douce du 41, encore une fois, après le froid, souffle le chaud. Avec, en plus, cette fois, du sable (chaud lui aussi, évidemment), puisque viennent d'apparaître dans l'escalier une douzaine de légionnaires en uniforme !

Nous sommes dans la nuit du 13 au 14 juillet 1990, et dans quelques heures ces braves soldats vont remonter à pas lents la plus belle avenue du monde. En attendant, ils sont venus au 41 célébrer la « Fesse nationale » !

Ce n'est pas la première fois qu'au mépris de l'honneur de l'uniforme, des enfants de la patrie viennent poser leurs patriotes culs sur les banquettes de madame Denise.

Déjà, au 106, il n'était pas rare que les CRS motorisés de telle ou telle escorte d'équipe de France de sport collectif, poussent la conscience de la protection jusqu'à accompagner le car des joueurs bien au-delà du stationnement dans la rue.

L'autobus tricolore, après le banquet traditionnel, était pris en otage par quelques joueurs qui intimaient l'ordre au chauffeur de les conduire chez Maman.

— Où ça ?

— T'inquiète, on sait où c'est.

Lesdits joueurs, une fois rendus à bon port, insistaient pour que les policiers, en toute conscience professionnelle, les chaperonnent jusqu'au bout. C'est ainsi qu'on vit, certaines nuits, dans un coin sombre, de braves têtes blondes montées sur des corps de rêve s'échiner à pomper républiquement des motards en tenue. Comme quoi, même avec le temps, et la lente érosion du respect des valeurs républicaines, l'abnégation à satisfaire les serviteurs de la patrie est restée intacte.

La fin de cette nuit-là de juillet 1990 fut épique, surréaliste et merveilleuse. Les derniers légionnaires quittèrent le Club au dernier moment, vers sept heures du matin. Juste le temps de sauter dans un taxi pour rejoindre la Concorde proche.

Et quand, le lendemain du défilé, Denise alluma la télévision sur FR3 régions pour s'informer des actualités, elle éclata de rire.

Le légionnaire, qu'un journaliste avait interviewé pour s'enquérir de ses impressions, luisait encore de plein de petits éclats : les paillettes dont l'avaient abondamment couvert les filles du 41.

Et comme d'habitude, parce que la vie est ainsi faite, et parce que c'est toujours après une journée bien chaude qu'arrive le plus violent des orages, il y eut la foudre !

Denise tournait le dos à la télé pour donner la gamelle à Sacha. Et elle entendit ces mots terribles :

« Nous apprenons par une dépêche le décès dans un accident de moto du fils de… »

Elle se retourna, tétanisée, vers la télé. Il y avait la photo de Chemise blanche en médaillon.

« Le jeune homme avait dix-neuf ans, nous adressons nos condoléances à son père qui, ce soir, nous venons de l'apprendre, a quand même pris la décision de monter sur scène assurer son spectacle. »

Et Denise se mit à pleurer toutes les larmes de son corps. Pour Chemise blanche bien sûr, mais aussi pour le petit. Elle le connaissait bien. Très bien.

Elle les connaît de plus en plus, les fils des Indiens.

Au début du 106, les pères venaient, et puis depuis le 41, elle a commencé à voir arriver les « papooses ».

Le fils d'Ours blanc, le fils de Cheval du désert et tant d'autres.

Ils viennent comme pour suivre, à la bêtise près, les traces de leurs pères. Presque tous, à de rares exceptions près, ont pour leur géniteur un mélange étrange d'admiration et de haine.

Et elle qui passait des nuits entières à consoler les pères, passe aujourd'hui son temps à réconforter les fils.

Ils souffrent tous de manque. De recherche d'identité. Et ils sont quasiment tous à la dérive.

Au mieux, ils se soûlent un peu, au pire ils sont dans la came jusqu'au cou. Certains sont au bord du suicide. Un l'a même fait et elle n'a pas pu l'en empêcher.

Elle est souvent en colère contre eux, parce que le père c'est la bonne excuse, l'alibi parfait pour leurs erreurs ou leurs faiblesses. Alors, elle les engueule, les fout dehors quand ils deviennent trop insultants envers celui qui les a faits. Et quelques jours plus tard, ils reviennent en s'excusant. Alors à qui la faute ?

Au père, évidemment. La plupart sont égoïstes, maladivement paranos. Alors forcément, ça fait des dégâts. C'est pour ça qu'à aucun moment elle n'a regretté de ne pas avoir eu d'enfant. Et ce que certains ont pris pour de l'égoïsme est justement le contraire. Elle sait depuis le début que rien, même pas un enfant, n'aurait été plus fort que sa passion pour la liberté. Alors, ne sachant pas si elle les élèverait correctement, elle n'en a pas voulu.

Elle leur en veut souvent, aux Indiens, d'avoir fait des mômes comme ça, sans réfléchir. Elle le leur dit, et ils ne lui en veulent même pas. Ils savent bien qu'elle a raison.

Mais elle, la féministe, étrangement, en veut surtout aux mères, incapables d'équilibrer la balance. De donner à l'enfant ce qu'elles savent que le père, qu'elles connaissent mieux que personne, ne pourra jamais apporter. Autant elle s'est battue pour leurs droits, autant là, elle leur en veut terriblement de ne pas faire ce qu'elle considère comme un devoir.

Le petit de Chemise blanche, lui, faisait partie des exceptions.

Une petite réflexion de temps en temps sur l'absence et l'inconstance de son père, mais guère plus.

Chemise blanche l'avait amené juste après ses dix-huit ans, pour le « baptiser ». C'est Reine qui l'avait pris en main. Elle l'avait allongé sur la banquette et après une magnifique prestation, avait conclu par un tonitruant :

— Bienvenue dans la maison !

Ce soir-là, Denise avait d'ailleurs eu une longue conversation avec Chemise blanche, où la féministe qu'elle était avait ressorti les griffes.

Ils étaient tous les deux au bar, pendant le baptême du petit.

— Tu vois, fit Chemise blanche, je crois que ça resserre les liens, ce genre de complicité. Ça ne remplace pas les absences, mais ça tisse autre chose. Par contre, tant qu'il est là, je ne ferai rien. Par pudeur. Et je n'irai surtout pas vérifier ce qu'il fait, lui. Tu trouves ça malsain toi, un père qui amène son fils dans ce genre d'endroit ?

— D'abord, si j'avais trouvé ça malsain, et même si tu es mon ami, je ne l'aurais sûrement pas autorisé. Maintenant, à titre personnel, je trouve ça plutôt bien.

— Il y en a que ça choque.

— Pas moi, pas plus qu'une mère qui vient initier sa fille.

Chemise blanche ouvrit de grands yeux stupéfaits.

— Tu plaisantes ?

— Pas du tout.

— C'est arrivé ?

— Bien sûr. Tiens, il y a une semaine encore.

— Alors moi, ça, ça me choque.

— Et pourquoi ?

— Je sais pas, une mère et sa fille, c'est… c'est…

— C'est quoi ? Tu vois, tu cherches tes mots. Sache que toute ma vie je me battrai pour que, dans vos petites têtes de cons de mecs, vous compreniez que même dans les domaines les plus contestables, nous avons les mêmes droits que vous. Tu entends, tous les mêmes droits.

Pendant ce temps-là, le petit se donnait le droit au plaisir.

Et aujourd'hui, à qui peut-on le reprocher ? Il a eu le temps d'en avoir si peu.

À l'enterrement, près de chez elle dans le Limousin, Denise restera en retrait dans la grande foule des anonymes et des Indiens réunis.

Soleil blanc, à l'écart aussi, croisera son regard, et baissera les yeux en murmurant : « Salope. » Pour la Vie, bien sûr.

Et puis, quelques jours plus tard, Denise et Chemise blanche reviendront au cimetière sur la tombe du petit. Seuls.

Elle lui serrera très fort la main. Il dira :

— Avant j'étais fragile, aujourd'hui je suis indestructible. Je suis parti avec lui. Ce qu'il reste de moi est une carcasse de pierre, une carcasse qui continuera à aimer, à rire, à pleurer, à chanter. Mais personne ne saura plus jamais vraiment qui je suis. Je vais passer le temps qu'il me reste à vivre comme sur un quai de gare. En attendant.

— Il y aura quand même le bébé. Il va naître quand ?

— Il avait mis sa fiancée enceinte deux mois avant de mourir. C'est prévu pour janvier. Et ce sera une fille.

— Ce sera un prolongement. Moi, quand je mourrai, il n'y aura pas de prolongement. Je ne suis pas sûre que ça me fasse de la peine.

— Tu mourras jamais, toi, fait-il en riant, le bon Dieu te veut pas. Si tu montes là-haut, au bout de deux heures tout le monde s'encule !

Comme elle ne sourit même pas, il ajoute :

— Ben alors, ça te fait pas marrer ?

— Pas là, répond Denise au bord des larmes.

— Justement là, dit-il avec force, parce que c'est ça la survie. Rire, parce que si je m'écoute, je me fracasse la tête sur la pierre pour le rejoindre plus vite. Rire, parce que c'est le plus loin des larmes. Rire, parce que je suis malheureux au-delà de ce que tu peux imaginer. Alors, rire, c'est mon seul bouclier.

Et elle repense à son père. La même arme contre l'adversité. Rire pour éviter de trop en pleurer. Elle esquisse un sourire.

— Tu sais quoi ? ajoute-t-il avec un immense sourire et des larmes plein les yeux.

— Quoi ?

— J'y pense d'un coup. Le petit, là, il a imité Coluche beaucoup mieux que moi.

Et ils rient en pleurant. Et plus ils rient et plus ils pleurent.

Une petite vieille qui les observe de loin se dit : « Voilà qu'il rigole sur la tombe de son fils, quelle honte ! »

On pourrait juger l'essentiel de la connerie humaine à ça : des gens qui en jugent d'autres, comme ça, de loin. Sans les connaître et sans savoir.

XII

Chaud-biz… hot voltige

Le 24 janvier 1991 est glacial. Mais chaud pour Chemise blanche. La petite est née. Lui et Denise l'ont arrosée comme il se doit, et même plus.

Dehors, Nordine fait la planque. Il a mis du temps pour revenir devant le 41. Depuis juin de l'année d'avant, ça fait plus de six mois. Il s'était promis de revenir en juillet, au retour de Denise du Brésil, mais, entre-temps, il y avait eu dérapage. Une petite vieille qui avait crié trop fort. Le voisin avait tiré. Ils tirent de plus en plus facilement. Une sale balle dans les côtes. Il avait réussi à fuir par les toits. Et puis il avait fallu trouver un toubib discret. Mais cher. Lui qui ne faisait que dans la consommation s'était mis au deal. Ça paye, mais c'est un autre monde. Et, il avait passé la ligne blanche, c'est le cas de le dire. Une livraison bradée dans l'urgence, une autre volée, ça fait désordre. Alors, il a des gros méchants au cul. Parce que chez ces gens-là, monsieur, on ne pense pas… On flingue.

Il est obligé de partir quelque temps dans des pays plus cléments où on parle espagnol. Demain à midi, planqué dans un camion. Il ne sait pas quand il reviendra.

Mais, avant de partir, il voudrait bien en finir avec sa vengeance.

Il est six heures du matin et il voit la silhouette de Denise s'encadrer dans la porte. Elle n'est pas seule. Un balèze lui ouvre la portière d'une grosse voiture. Merde, un garde du corps !

On ne sait jamais, peut-être qu'il ne l'accompagne que jusqu'à la porte de son appartement.

La moto file de loin Denise et son chauffeur qui roule très vite. Rue de Rivoli, la Concorde, les quais. « Fais gaffe sous l'Alma, c'est traître, pense-t-il, les dents serrées sous son casque intégral, je veux finir le boulot de mes mains. »

La voiture s'est garée rue Lecourbe. Denise et son chauffeur sont entrés tous les deux dans l'immeuble. Nordine attend à une dizaine de mètres dans un recoin. Il a laissé la moto tourner.

« Si le balèze redescend pas d'ici dix minutes, se dit Nordine, c'est mort. Remarque, je l'ai pris pour un garde du corps, si ça se trouve c'est son mec. Et vu la taille de l'oiseau et moi qui fais 2 kilos… Enfin, on avisera ! »

C'était bien le garde du corps. Il redescend au bout de cinq minutes et repart. Il accompagne chaque jour Denise jusqu'au palier, puis la laisse derrière sa porte blindée à triple serrure.

Nordine a coupé le moteur de la moto.

« Opération police, c'est la plus adaptée », pense-t-il en se dirigeant vers l'entrée de l'immeuble. Il attend une dizaine de minutes, puis se met à pianoter au hasard sur l'interphone.

— Madame Denise ?

— Non, répond une voix d'homme.

Nouvelle tentative au hasard.
— Madame Denise ?
C'est une femme, cette fois, qui répond.
— Ça va pas de réveiller les gens à cette heure-ci !
Plus que dix possibilités. Patience.
— Madame Denise ?
— Oui.
— Excusez-moi, madame. Agent Lambert. Police. C'est un monsieur qui nous a dit de vous prévenir. Il a dit qu'il sortait de chez vous. Il vient d'avoir un gros accident au coin de la rue. Vous pouvez descendre ? Je vous attends.
— C'est grave ?
— Assez.
— Je me rhabille et j'arrive.
C'est au moment où elle raccroche que Chemise blanche déboule dans le hall de l'immeuble. Même s'il n'a regardé la télé que rarement, Nordine le reconnaît et, pour se donner une contenance, lui lance :
— Vous êtes… euh…
— C'est ça, répond Chemise blanche, sans sourire.
Et il appuie sur le bouton d'interphone de Denise.
— C'est moi, je peux monter prendre un café ? J'ai encore le blues, tu comprends.
— Attends, je descends, mon chauffeur a eu un accident. Tu dois être à côté du flic qui m'a prévenue.
— Quel flic ? Y a un mec dans l'entrée, mais ça a pas l'air…
C'est ce moment-là que choisit Nordine pour s'enfuir en courant. Chemise blanche a juste le temps de le voir enfourcher sa moto et disparaître.
Denise apparaît dans le hall en courant.
— Il est où ?
— Je pense pas que c'était un flic, répond Chemise blanche, il s'est barré comme un voleur.

— Il était comment ?

— Un Arabe, petit, presque tondu.

Denise a compris.

— Tu m'as peut-être sauvé la vie.

— Tu crois que c'était lui ?

— Lui ou un autre... Monte, je vais appeler mon chauffeur, je suis sûre qu'il va bien.

Effectivement, le chauffeur allait bien et Chemise blanche avait peut-être sauvé la vie de Denise.

Ils parlèrent encore jusqu'à neuf heures et il s'endormit dans le fauteuil du salon, après que Sacha eut longuement ronronné dans ses bras.

Sacha savait que celui-là était un vrai ami.

On est en décembre 1991. Déjà presque un an depuis la tentative de Nordine et, bien qu'elle reste sur ses gardes, Denise a déjà enfoui l'incident loin dans sa mémoire.

Aujourd'hui est arrivé un nouvel Indien au 41. Les autres Indiens ont décidé de l'appeler Faucon bleu. Par contraste. Le bleu est une couleur qu'il ne met jamais. Quant au faucon, même si le jeu de mots est facile, ils sont convaincus que c'en est un vrai. Con.

Pas qu'il soit bête, bien au contraire. Mais il se croit le meilleur de tous. Il étalonne en public son intelligence comme une ligne de flottaison au-dessous de laquelle tout est médiocrité. Alors, pour les autres Indiens, c'est un vrai con. Pas un con d'inculture. Un con de suffisance. Il en vient de temps en temps, des comme ça. Des qui mettent des lunettes noires pour qu'on les reconnaisse. Des hautains. Des nombrils du monde.

Ceux-là, on les a classés dans la tribu des « Comme

un manche». Parce que les Indiens de Denise sont répartis dorénavant comme les vrais, en tribus.

La plus sympathique, c'est la tribu des «Sioux later» (en français : «On se revoit bientôt les amis»). On y retrouve Chemise blanche, Cheval du désert, Mérou de Tahiti, Visage pâle, l'acteur au crâne lisse, entre autres.

Il y a les «Cheyenne de vie», toujours à se plaindre. Ils râlent contre tout : les impôts, le mauvais temps. Ils râlent surtout contre tout ce qui a du succès. Cette tribu-là est constituée en grande partie de journalistes de renom, talentueux certes, mais terriblement casse-joies. C'est pourquoi on les voit souvent seuls au bar, le nez dans leur double whisky, maudissant sans le dire ceux qui rient à côté sans eux.

Il y a aussi les «Docteurs Jivaros», les réducteurs de têtes. Une nouvelle race de chanteurs qui ont érigé l'insipide en mode, et qui bien loin des Brel, Ferré et autres Brassens abrutissent les ados de mélodies qui cartonnent autant qu'elles ne dérangent pas. On y retrouve Nain de jardin, Long manteau, Regard d'acier, Enfant des collines. Leur nouveau truc, c'est l'humanitaire. Ils y ont trouvé le moyen de se refaire une conscience. Et il n'est pas rare, après un concert larmoyant où ils ont vilipendé l'égoïste société qui délaisse les plus démunis, de les voir débouler au Club. Ils ont le regard allumé par les agapes bien arrosées au buffet somptueux qui accompagne ce genre d'événement. Le speed entretenu par de la dope à 1 000 francs le gramme, ils garent leur Porsche en vrac sur le boulevard Sébastopol et se dirigent, lunettes noires et pas de course, vers la luxure de la rue Quincampoix sans même un regard compatissant pour les clodos du coin qui leur mendient ne serait-ce qu'un sourire.

Il y a tous les jours de nouveaux Indiens et de nouvelles tribus. Des producteurs de télé comme Faucon bleu, des journalistes, des sportifs. La mode n'est pas encore aux footballeurs, mais certains viennent parfois. Ils n'imaginent pas que, dans quelques années, ils ne pourront plus faire un pas dans ce genre d'endroit à cause de leur notoriété de champions du monde.

Cela dit, l'ambiance a changé. Ça baise autant, mais ça rit un peu moins. C'est les années fric, sida et came. Trois éléments qui reconstruisent les barrières qui avaient mis tant de temps à tomber.

L'interdit est de retour. Un interdit différent de celui d'avant 1968. Un interdit que les gens s'imposent à eux-mêmes.

Au nom du fric et des ventes de produits de toutes sortes, la liberté d'être ce qu'on est sans questions en a pris un sacré coup. Il faut être mince. Il faut être beau. Il ne faut pas trop boire, pas trop manger. Et puis il faut être en forme tout le temps, sinon la société va plus vite que toi.

Alors, ils s'autocensurent. Se privent, se contrôlent.

À l'aube des années 90, « être ou paraître ? », voilà la question.

Et puis ils se cament, se démontent pour tenir la nuit et bosser le jour. Bosser pour gagner encore plus d'argent. Avoir plus d'argent pour pouvoir acheter un peu plus de came. Ils auraient tort de se gêner, puisqu'il y a impunité. Les gros dealers dorment tranquilles. Normal, ils font partie de l'économie du pays.

Tout s'est modifié depuis les années d'or 70.

Les filles rêvent de trouver l'oiseau rare avec lequel elles pourront se caser et faire des enfants.

Adieu les rêves de liberté à tout prix des années-fleurs. Les filles de pub qu'elles sont ont tellement été conditionnées que leurs rêves s'arrêtent au magnétoscope, à la chaîne hi-fi et aux vacances de rêve à portée de tous dans des avions charters.

Le sexe a envahi les écrans. Anal plus, la chaîne hypocryptée en vend tous les samedis à minuit. Même les pubs pour du jambon déshabillent les femmes. Alors plus de mystère.

Les ados se blasent. Les garçons parce que le corps d'une femme n'est plus une découverte et qu'à force de porno ils confondent amour et pilonnage. Les filles, quant à elles abreuvées de pénis colossaux dans les films, finissent par trouver anormal un sexe de quinze centimètres.

Et l'amour dans tout ça ? Le beau. Celui qui met des vœux aux étoiles filantes et des guirlandes de baisers au cou des amoureux les soirs de Saint-Valentin ?

L'amour a ses psychologues, ses thérapeutes, comme ci c'était une maladie. Tout le monde se cherche. Très peu se trouvent. L'onde de choc des années 80 s'étale. On divorce à la chaîne. On ne s'écrit plus, on se faxe. On ne danse plus de slow. On ne sort plus pour se parler mais pour « karaoker » les mots des autres. Les enfants n'aiment plus Chantal Goya, ils préfèrent les « Games » où ça flingue. Même les voyous ont changé d'époque. Le code d'honneur a été rangé aux oubliettes. Ça flingue sans pitié.

Et la came est partout.

Les sans-emploi des cités roulent parfois en Merco. Et les flics laissent pisser. Eux aussi ont pris un coup de blues. La société, en mal d'images, arrête par calcul de statistiques de baisse de la délinquance, et puis elle relâche tout de suite par calcul électoral. Alors la conscience républicaine à 8 000 balles par mois plus les insultes, non merci !

Et le vent d'Amérique qui « mac donaldise » tout, et les clodos qui meurent quand même de froid l'hiver, et les politiques qui s'amnistient joyeusement, et la haine qui monte aux limites de Paris parce qu'un toboggan bariolé et un bac à sable dans une cour d'immeuble, c'est pas une réponse suffisante.

Alors la vie va. Comme elle peut.

Et il reste Chez Denix, le petit village qui résiste encore en offrant la liberté, la fête, la compassion, l'insouciance.

Et chaque dimanche matin, à la fermeture de la boîte, Denise fonce vite, sans dormir, vers la gare d'Austerlitz, pour se réfugier dans le train qui la déposera quelques heures plus tard dans son domaine limousin.

La vie est étrange. Il lui est aussi indispensable de rentrer qu'il lui était essentiel de partir, il y a trente ans.

Elle s'est fait construire une maison aux plafonds démesurément hauts. Et puis, à côté, une piscine chauffée couverte où elle fait plage même quand le givre couvre les châtaigniers.

Et là, la Denise liane, clitoris au vent, robe de strass fendue jusqu'à la taille, laisse la place à une silhouette emmitouflée dans un gros pull de laine, en jean épais et bottée de caoutchouc vert boueux.

Le sadomasochisme, c'est un ferronnier qui torture au loin un vieux bout de ferraille et dont les coups de marteau aigus s'égrènent en échos au-dessus des forêts de hêtres. La luxure, c'est un chien de ferme flairant l'arrière-train d'un corniaud de passage. La musique : le chant du vent et des oiseaux. La compagnie, c'est Sacha.

Elle l'a même installé dans sa chambre intacte de petite fille. Elle l'aime toujours autant, c'est pour ça qu'elle l'a écarté de la folie des villes, même s'il lui manque parfois. Et puis il venait, par jalousie, mordre les pieds de ses amants. Elle ne l'a pas éloigné pour ça bien sûr, mais pour qu'il soit bien, heureux, qu'il respire propre.

De temps en temps, quand elle remonte le mardi, au

dernier moment avant que la boîte rouvre, elle le ramène passer une petite semaine.

Alors, dans le nouvel appartement de la rue Lecourbe, ils jouent à être un vrai couple. Elle lui met son couvert, lui achète des peluches, le couvre de baisers. Et quand le spleen lui ride le coin des lèvres, il vient la lifter du bout des pattes.

Ce soir, le 41 est bondé. C'est vendredi. C'est fête. Il y a spectacle. Une star du porno reconvertie dans la chanson. Vers une heure du matin, ils sont tous entassés sur la piste. La musique est forte, très forte.

— On s'entend plus baiser, constate Géronimo, de retour du coin « câlins » où il vient de donner l'assaut à une petite brunette en talons aiguilles et… et c'est tout.

Et pendant que la star continue son show, un serpent python autour du cou, Chemise blanche et Plumes d'ara devisent au bar.

— Ça roule pour toi ?

— Impec, je viens d'enfiler un pompier au premier.

Parce que non seulement Plumes d'ara a continué, comme l'avait prévu Maman, sa reconversion homosexuelle, mais de plus, aujourd'hui, il s'en vante ouvertement et sans complexe.

— Je te parle pas de ta bite, je parle du boulot, rectifie Chemise blanche.

— C'est complet partout, je pars en tournée lundi, et toi ?

— Moi, ça roule aussi, je viens d'avoir une idée de fou pour une émission de télé.

— Je te parle pas boulot, je parle de ta bite, rectifie à son tour Plumes d'ara.

— C'est complet partout. Je sors à l'instant du lit d'une ancienne star du X. C'est pour ça que je suis là.

— Je comprends pas.

— Pour tester l'amitié. Maintenant, quand je viens chez Maman, c'est toujours les couilles vides pour être bien sûr que je viens que pour elle.

— Oh putain, mate ça, l'interrompt Plumes d'ara.

Sur la scène, la chanteuse, après s'être livrée à mille contorsions suggestives, vient d'enfiler la tête du python au fond de son sexe.

— Que peut-il se passer dans la tête du reptile en supposant que ces gentilles petites bêtes ont aussi un cerveau qui pense ? Imagine ce brave python père de famille qui en est réduit pour gagner sa pitance à finir ses soirées engoncé dans ce sinistre réduit si loin des immensités boisées et tropicales dont il est originaire. Et s'il était claustrophobe ? T'imagines le cauchemar. Quelle sale époque, quand même !

— Pauvre bête, soupire Chemise blanche.

— Alors, et ta star du X ? insiste Plumes d'ara, visiblement plus intéressé par les bêtes à sang chaud que par les bêtes à sang froid.

— Ben, tu vois c'est con, mais arrivé au pied du lit, d'un seul coup je me suis dit : « Mais qu'est-ce que je vais lui faire ? » C'était le non-classé en face de Noah, le chauffeur du dimanche en face de Prost. J'ai vu ses films. On lui a tout fait. C'est ce qu'on appelle un grand moment de solitude. Je ne savais plus s'il fallait être imaginatif ou classique. Ça a l'air con comme je te le dis, mais ça m'a bien pris la tête.

— Et alors ?

— Alors, c'était classique. On ne peut plus classique, tendre même. Cette fille est formidable. Tu vois une nana comme ça, on pourrait croire que c'est de la salope de concours. Eh non.

— Tu sais, le coupe Plumes d'ara, l'essentiel de la

connerie humaine, c'est les gens qui jugent les autres sans les connaître et sans savoir.

Comme quoi d'une tombe à une alcôve il n'y a qu'un lieu de différence. C'est pas le sida le mal du siècle, c'est la sentence !

— Donc super soirée, conclut Plumes d'ara.

— Presque. Parce que la dame en question avait tenu à ce que son dogue allemand, un putain de chien de cent kilos, reste au pied du lit pendant les ébats. C'est peut-être ça qui m'a rendu plus doux, plus posé. Ce qu'elle a pris pour de l'application, c'était surtout la trouille que le clébard croie que je l'agresse si je la secouais trop fort. Et je te jure que vu comme il salivait, j'ai eu vraiment peur.

— Surtout que c'est bien monté, un dogue.

— Pas peur qu'il m'encule, abruti. Qu'il me morde !

Sur la scène, la chanteuse a fini son show. Elle rejoint le bar pour se rafraîchir, son amant python autour du cou. Plumes d'ara ne peut s'empêcher de remarquer :

— Entre ton dogue et le fiancé de madame, c'est la soirée SPA.

— Et c'est pas fini, ajoute Chemise blanche, mate le rapace.

Le rapace, c'est Faucon bleu, le producteur télé. Il est venu avec Nuage de rhum, une animatrice déjantée dont il produit l'émission. Une brave fille, mais démolie par les nuits d'éclate. Elle danse quasiment nue sur la piste en roulant des gamelles à tout ce qui passe.

— Tu comprends pourquoi on peut faire ça que chez Denise. T'imagines, s'il y avait eu un photographe, la une des canards !

Il y en a eu un, une fois. Un « kamikaze ».

Au milieu des projos de la piste, Maman, qui a toujours l'œil, a remarqué le flash. Pauvre garçon. Il a eu beau hurler « Liberté de la presse », il s'est fait attraper par quatre rugbymen.

Qui a dit que ces gens-là sont des grosses brutes épaisses qui ne connaissent que le baston ? Ce sont aussi de gentils farceurs imaginatifs. Ils ont forcé le téméraire à se déshabiller, puis ils l'ont rhabillé avec les habits de Tina, le travelo, et ils sont allés le lâcher en plein bois de Boulogne. Sans violence et sans haine, comme Spaggiari !

Nuage de rhum peut donc tout s'autoriser, ça ne sortira pas de là. Et puis elle a raison de profiter, parce que son avenir s'annonce bien sombre. Mais ça, elle ne le sait pas encore.

Tout le cynisme des années 90 est résumé dans le secret que va confier Faucon bleu à Denise, alors que sa protégée s'écroule soûle de fatigue et d'alcool sur la piste.

— C'est bon, elle est à point, là. En fait, je l'ai amenée pour qu'elle profite bien, une dernière fois. Dans cinq minutes, je vais lui annoncer que son émission s'arrête et que je la vire.

— Mais c'est dégueulasse, fait Denise.

— Eh oui, la vie c'est comme un concombre : quelquefois tu l'as dans la main, quelquefois tu l'as dans le cul, rétorque le philosophe de mes couilles.

La formule est vulgaire, mais tellement moins que son cynisme.

Le cynisme, c'est le label des années 90. Érigé en valeur refuge, s'insinuant partout. Dans la pub, le cinéma, le sport, la télé.

On n'aime pas forcément Mitterrand, mais on parle de son machiavélisme comme d'une qualité. Le feuilleton *Dallas* a ouvert la voie quelques années auparavant et ils s'y sont tous engouffrés. Et rejetés bien loin des feux de la mode les vrais gentils, les généreux, les sincères. Has been, le sens de la parole donnée, la droiture, les codes d'honneur. Il faut réussir à tout prix. Un zeste de lâcheté, une pincée de fourberie, des plans de carrière, beaucoup d'arrivisme et aucun scrupule, voilà le credo des nouveaux maîtres à penser de la société française.

Pour Denise, pas besoin d'Ifop ou de Sofres, elle a, tous les soirs au Club, la France qui compte, qui décide ou qui influence par médias et show-biz interposés. Alors, elle sait.

Elle sait rien qu'à fleur d'eau les abysses et les courants. Rien qu'au vol des moites et au cri des corps mourant de plaisir, elle devine les trajectoires du peuple des poissons qui habitent dans la mer en dessous.

Et c'est sur cette mer-là que le navire 41 flottera pendant les années 90. Une grande traversée faite de nuits étoilées, de ciels d'orages, de filles cyclones et de brises caressantes.

Et le bateau remorqueur, croiseur et brise-larmes à la fois, transportera ses passagers pas sages dans de langoureuses îles au trésor.

Et « captain Denise » tiendra bon la barre, contre vents et marées, se dirigeant aux étoiles. Stars, fils de stars, stars d'une nuit, stars en chagrin, stars en extase, stars en coke. Et puis les anonymes, stars dans son cœur.

Mais au matin du 4 août 1996, par mer d'huile et brise légère, surgira une lame de fond soudaine. Du fond de la mémoire de Nordine. Une lame aiguisée, sur la gorge de Maman…

XIII

Entre la vie… et l'amor

La nuit du 3 au 4 août 1996 fut une nuit d'exception. Une nuit de vie, de mort, de bonheurs extraordinaires et d'angoisses sordides. Une nuit comme il n'en passe que deux ou trois dans une vie. Et encore, quand elles passent ! Des larmes, du sang, des musiques, des rires, des cris, des chocs d'une démesure incroyable.

La plupart des Indiens ont déserté Paris.

Normal. Début août, ils se bronzent les plumes entre Biarritz et Menton. D'autres sont à Ibiza. Ce qui est sûr, c'est qu'Indiens ou pas, à quatre ans de l'an 2000, le cul partagé, l'échangisme, les orgies sont devenus « mode ». Il est bien loin, le temps où on en parlait à mots couverts. Aujourd'hui, on en fait des débats, des enquêtes, de longs sujets qui racolent à la une des journaux. Plus un seul mois ne passe sans qu'un hebdo titre sur les lieux cachés de la nouvelle décadence. La liste de ces endroits s'est allongée de manière impressionnante.

Il est de bon ton d'avoir, et pas seulement dans les milieux bourgeois ou branchés, un couple ami qui pratique l'échangisme.

On en arrive presque même à un phénomène étonnant : ceux qui ont une sexualité « normale » commencent à se demander si ce ne serait pas eux les « anormaux ».

Des revues spécialisées, des circuits de rendez-vous, nous sommes en plein dans le fameux « phénomène de mode ». Et comme tout phénomène de mode, il n'est pas illusoire de penser qu'une fois le soufflé retombé, ne subsisteront dans cette famille que les purs et durs. Et les autres se dirigeront vers d'autres folies.

On pourrait croire que cette multiplication de clubs nouveaux a renvoyé Denise au rayon des anciennetés. Il n'en est rien, bien au contraire. Non que cette nouvelle vague lui ait apporté plus de clientèle, mais elle a consolidé son unicité. Chez Denise, c'est comme nulle part ailleurs. L'alchimie est si complexe, entre liberté, sexe et réconfort que personne n'a pu recréer ce climat aussi impalpable. Bien sûr, elle a des détracteurs. Ceux-là ne viennent pas. Ce n'est pas Denise qui n'est pas à la hauteur de leurs désirs, ce sont leurs désirs qui ne sont pas à la hauteur de Denise.

Et c'est pour toutes ces raisons qu'en plein été 1996, dans un Paris en vacances, la boîte est pleine à craquer. Il y règne même ce soir-là une folie de carnaval.

Une bande de fous furieux, déguisés en tout, a débarqué. Il y a des Bécassine, des bonnes sœurs, des prêtres, des pompiers, des soldats romains, des Angélique marquise des anges, des diables, des arlequins. Enfin toute une farandole de joyeux dingues qui ont choisi de fêter l'anniversaire de l'un d'eux en ce lieu de libertinage.

Ça donne des tableaux d'accouplement assez surréalistes :

Zorro, avec un Z qui veut dire « zuce-moi », chevauchant Cléopâtre. Les trois mousquetaires se tapant Sissi. Un pour tous, tous sur elle. Et, pleine piste, Margaret Thatcher à quatre pattes sodomisée par Tarzan. Qu'on soit bien d'accord et même si ça doit en décevoir certains, une fausse Margaret Thatcher !

De quoi alimenter solidement la thèse qu'a décidé de faire une étudiante en sociologie sur le thème : « La société française va-t-elle vers le puritanisme ou la décadence ? » On peut dire qu'elle est servie, Christine, la petite étudiante, scotchée au bar, et prenant des notes sur son petit calepin.

— Dites, madame, demande-t-elle poliment à Denise, c'est toujours comme ça ?

— À part les déguisements, oui.

— Et vous n'avez pas honte ?

Tiens, c'est la première fois qu'on lui pose cette question. En seize ans de boîte.

— Honte de quoi ? répond-elle tout naturellement.

— De salir l'amour.

— Tu trouves ça sale ?

— Plutôt, oui. Vous ne croyez pas que tout votre cirque là, c'est profondément malsain ? L'acte sexuel sans amour nous ramène au niveau des animaux.

— Qui te dit qu'il n'y a pas d'amour ?

— Écoutez, ça se voit, c'est du vice pur. C'est bestial, indécent. Ils se parlent à peine. Je vois de la fornication, mais pas vraiment de tendresse. L'autre à quatre pattes là-bas, elle me rappelle une truie de chez moi… Je suis de la campagne.

— Moi aussi, fait Denise, amusée.

La conversation l'intéresse. Elle a toujours aimé défendre son territoire.

— C'est parce que tu regardes mal. Vois le couple là-bas qui se tient par la main. Au bout de dix ans de vie commune, ils s'engueulaient tout le temps. Plus rien ne fonctionnait et en premier le sexe. Quoi qu'on en pense, quand ça se détraque, ça a pour effet, dans 99 % des cas, de pourrir tout le reste. Il a fallu que leur fils, épuisé par les engueulades, fasse une tentative de suicide pour qu'ils deviennent enfin intelligents. Ils ont analysé ce qui n'allait pas entre eux, et en ont déduit qu'il fallait qu'ils retrouvent l'envie de faire l'amour.

— Et ils sont venus chez vous.

— Exactement. Et le jeu les a libérés, leur a redonné envie l'un de l'autre. Ils se sont aperçus que le désir mort leur donnait l'illusion de ne plus s'aimer, alors qu'ils s'adoraient.

— Admettons, se force à dire l'étudiante.

— Ça fait cinq ans qu'ils n'ont pas eu une engueulade sérieuse. Ils ont même fait un bébé, il y a un an.

— Ils auraient dû vous faire marraine, ironise l'étudiante.

— Ils l'ont fait, répond Denise, fière.

— Effectivement, ils se tiennent par la main. Quel exploit ! lance-t-elle, ironique. C'est vrai qu'ils ont l'air de s'aimer. Je les ai observés parce que leurs petits bisous de tourtereaux, ça faisait un peu tache, dans cette débauche de fellations.

— Tu peux dire « pipe », tu sais.

— Je peux, oui. Ça m'arrive de le dire. Ne vous méprenez pas, madame Denise, je ne suis pas une oie blanche. Je vais même vous faire une confidence : j'adore me faire sodomiser. Il n'empêche que je crois à la fidélité. Je trouve ça bien plus valorisant aujourd'hui pour une femme que le contraire. Et, malgré votre démonstration de sauvetage de couple que je salue, je persiste à penser qu'on peut très bien prendre un énorme pied et avoir un couple équilibré sans se faire culbuter à tout-va par une meute de détraqués devant tout le monde.

Denise fouille un peu dans sa mémoire et lui dit :

— Je ne sais pas qui m'a dit ça un jour : l'essentiel

de la connerie humaine, ce sont les gens qui jugent les autres sans les connaître et sans savoir.

— Je suis justement là pour ça.

— Alors, choisis-en un ou plusieurs et essaie, si tu veux bien savoir de quoi tu parles.

— Sûrement pas. J'ai l'intention de connaître, mais en observant seulement.

Et Denise la regarde longuement au fond des yeux en silence. Et après l'avoir bien scrutée, elle dit très doucement :

— Tu sais, petite, ça fait vingt ans que je les connais tous par cœur. Je ne me trompe jamais, ou très rarement. Et sans prétention, à travers les yeux je vois l'âme comme personne. Et je vois que malgré ce que tu veux faire croire, tu as envie de tenter l'expérience. Alors, libre à toi de te mentir, mais si tu souhaites être, comme je l'ai vu aussi dans tes yeux, une sociologue performante, je te conseille de laisser aller ton envie, ce soir. Au moins une fois, par acquit de conscience… disons, professionnelle.

— Je suis au regret de vous dire, malgré tout, que vous avez mal lu.

— Ça m'étonnerait. Mais si jamais tu te décidais, je te conseille les trois petits sportifs là-bas. Ils sont beaux, frais, doux et insouciants. Juste ce qu'il te faut, à mon avis. Je te propose pas Calumet de la paix, le journaliste que tu as sûrement reconnu, il n'aime que se faire sucer, il s'éclaterait, mais pas toi. Je te propose pas non plus Chien enragé, le journaliste, il va te bâcler… Comme ses articles, d'ailleurs.

— C'est gentil, madame Denise, mais je vais encore rester au bar et me contenter d'observer, si ça ne dérange pas bien sûr.

— Pas du tout. Ici, la femme est reine. Elle fait ce qu'elle veut. Et même rien du tout si c'est son choix.

— Et s'il y en a un qui laisse traîner les mains ?

— Je lui parlerai d'abord gentiment, et s'il insiste, je le vire, c'est la règle.

— Vous êtes une drôle de bonne femme, quand même, ne peut-elle s'empêcher de conclure avec une pointe d'admiration.

Dehors, l'orage s'est mis à gronder. À quelques mètres de l'entrée du 41, un homme se protège de la pluie sous une porte cochère.

Il a changé, Nordine, en six ans. Il est vieilli par les cavales, et les deux années de taule de plus qu'il a prises au Venezuela. Mais il est là, la mémoire à fleur de peau. Il a un couteau dans une poche et un flingue dans l'autre.

Hier déjà, il a suivi Denise de loin jusque devant la porte de l'immeuble. Elle habite toujours rue Lecourbe. Ce soir, il est juste venu vérifier qu'elle est bien au 41. Quand il en sera certain, il partira devant. Il a déjà repéré une entrée par les toits.

L'orage redouble de violence.

Le hasard est avec lui. Deux filles qui sortent de la boîte courent sous la pluie et, comme ça tombe très fort, se réfugient sous la porte cochère où il s'est embusqué.

— Sale temps, les filles, hein ? fait-il avec un grand sourire.

— Plutôt, oui, répond la blonde des deux.

— Vous sortez de chez Denise ?

— Pauvre con, lâche la brune. Tu crois quand même pas que tu vas nous sauter !

— Je pensais pas à ça, dit Nordine crispé, le regard soudain sombre, en serrant dans sa poche le cran d'arrêt.

— Ben voyons ! Y en a toujours un ou deux comme toi qui attendent le soir devant le Club, en se disant que celles qui sortent de là se font forcément baiser par n'importe qui.

— Mais pas du tout, affirme Nordine.

— Je te rassure, fait la blonde en riant, même à l'intérieur, vu ta tronche, tu nous aurais pas touchées.

Et elles partent en riant.

— Denise est là ? hurle Nordine pour couvrir le bruit du tonnerre.

— Oui, crie la blonde, mais elle ouvrira sûrement pas à un mec comme toi.

Et elles s'enfuient sous le déluge.

— Merci, salope, murmure Nordine dans ses dents.

Et il quitte son abri à pas lents. Un énorme éclair illumine sa petite silhouette bancale. Une balle dans la jambe à Kingston… C'est la guerre.

Dans la boîte, il y a aussi plein d'éclairs. Les ligths qui accompagnent la techno. On a changé d'époque, on a changé de musique. Enfin, de bruit, vous diront les vieux. Parce que pour les vieux, la techno, c'est pas de la musique, c'est du bruit. Ils sont cons, les vieux ! La preuve, ils le sont quelle que soit l'époque.

— Ça, je comprends pas, lance Monsieur Albert, outré, à Denise.

Monsieur Albert est un habitué des premiers jours. Un gentil farfelu. Un pépère pervers au vice bien innocent quoique vraiment particulier. Monsieur Albert collectionne les poils de sexe féminin.

Il paraît qu'il en a un album plein, mais personne ne l'a encore vu. Il a promis à Mérou de Tahiti de le lui montrer s'il lui ramenait un authentique poil de chatte blanc de Wallisienne, un des seuls qui manque à sa collection.

Autant dire que Monsieur Albert ne fait pas grand mal, quand il vient au Club. Si ce n'est d'aller de temps en temps faire lui-même, et avec les dents, un prélèvement pour sa collection. Il le fait avec tant de délicatesse, que s'il n'avait pas avoué son vice à Denise et à quelques amis, personne ne s'en serait aperçu.

— Qu'est-ce que vous ne comprenez pas, Monsieur Albert ? s'inquiète Denise.

— Je suis peut-être vieux jeu, mais cette petite qui danse sur la piste enceinte jusqu'au cou, ça me sidère.

La petite fait un mètre quatre-vingts. C'est Johanna, une Black superbe. Elle est à la fin de son huitième mois, autant dire que c'est imminent. Elle se trémousse, comme si de rien n'était.

— Vous savez, ce n'est pas une maladie, lui fait gentiment remarquer Denise. Et puis, il y a dans le monde entier de pauvres femmes qui sont obligées de faire des travaux de force jusqu'au dernier moment. Et à contrecœur. Là, elle s'amuse et si on en croit les pédiatres, le bonheur de la mère pendant la grossesse est une garantie pour le bonheur de l'enfant.

— Elle ne participe quand même pas aux « ébats » d'une autre sorte ? s'inquiète Monsieur Albert.

— Ça lui arrive, répond Denise. Il y a des hommes dont c'est le fantasme absolu. Vous savez, Monsieur Albert, chacun sa collection. Y en a, c'est les poils de chatte et d'autres, les femmes enceintes ! C'est comme ça. Moi, je ne juge pas. Si c'est leur plaisir à eux et son plaisir à elle, c'est mon plaisir à moi.

— Mais enfin, s'indigne Monsieur Albert, ça peut être dangereux pour l'enfant !

— Après l'accouchement peut-être, mais longtemps après. Si le gamin, une fois qu'il a grandi, apprend ce que faisait sa mère. Mais ça, c'est comme celles qui font du porno ou le trottoir, c'est leur responsabilité, pas la mienne. Et rassurez-vous pour la santé de l'enfant, j'ai suffisamment d'amis toubibs, il y en a même deux ici ce soir, pour être rassurée sur ce sujet. Si c'est fait sans violence excessive, et je veille à ce que ce soit le cas, il n'y a aucun danger à pratiquer l'acte sexuel pour une femme enceinte.

C'est à ce moment précis que Johanna va s'affaler dans un fauteuil en criant.

— Ouh ! là là !... Il arrive... Il arrive.

La musique s'arrête et Denise se précipite pour éloigner les curieux.

— Écartez-vous, écartez-vous, laissez-la respirer.

— Tu veux qu'on s'en aille ? demande Napoléon, qui n'a plus que le chapeau comme habit.

— Non, mais laissez-la respirer.

Les deux copains toubibs se sont précipités. L'un en slip fantaisie représentant un éléphant, le sexe pris dans la trompe, l'autre torse nu.

— J'ai fait appeler les pompiers, fait Denise, ils sont tout près, ils vont pouvoir l'amener à l'hosto.

— J'ai bien peur que ce soit trop tard, diagnostique l'éléphant.

Les secours d'urgence arriveront juste à temps pour emmener la future maman à la maternité la plus proche. Elle accouchera dans l'ambulance. À un quart d'heure près, Denise aurait pu couper le cordon. Et Johanna baptisa sa petite fille Anita Désirée Denise, en hommage à Maman qui en devint la marraine !

Il est à présent sept heures du matin.

Johanna pouponne à la maternité. Monsieur Albert est rentré chez lui après avoir augmenté sa collection d'un poil de chatte de Liza Minelli, ce qui, même si ce n'était qu'un sosie très bien déguisé, reste un bel exploit pour son âge. Et le toubib éléphant a fini dans la rue vêtu de son seul slip fantaisie en chantant la chanson de Babar.

Il y a des soirées comme ça, où tout explose. Parfois il se passe des semaines entières sans autres extravagances que les dérives courantes, ce qui aux yeux d'un quidam ordinaire est déjà exceptionnel, alors pensez, une soirée pareille !

Et le pire, c'est qu'il en reste à venir !

La dernière à rester est Christine, la petite étudiante en sociologie. Elle note encore des choses sur son calepin, en reprenant sa veste légère au vestiaire.

— Reviens demain, propose Denise, on fait une soirée avec des mitraillettes pleines d'eau. Les gens s'arrosent, on rigole bien.

— Et je suppose que les mitraillettes finissent au plus profond de l'intimité des demoiselles ?

— Ça arrive, effectivement.

La jeune fille serre la main de Denise avec un regard doux. Elle hésite un peu, puis lui dit :

— Vous savez, j'ai réfléchi à ce que vous m'avez dit.

— Et alors ?

— Alors, en voyant le bonheur de la petite Black qui riait aux éclats entre deux spasmes, l'application de ce docteur ridicule avec son sexe d'éléphant, cette ambiance insouciante et gaie, hors du temps, hors des codes, je me suis dit : pourquoi pas ?

— Bien, fait Denise, cachant sa jubilation.

— Je suis allée voir vos petits sportifs. Ils sont effectivement beaux, inoffensifs, mais assez lourds.

— Ils sont jeunes.

— Et grossiers. Ils m'ont demandé si je connaissais la différence entre une salope et une grosse salope, vous la connaissez ?

— Non.

— Eh bien, récite-t-elle avec un air angélique, une

salope, elle te suce et tu l'encules après, et une grosse salope, tu l'encules et elle te suce après !

— Amusant, et alors ? demande Denise.

Et sans se départir de son air angélique, elle dit posément :

— Et alors, je les ai sucés tous les trois et donc je suis une grosse salope.

— Eh bien voilà, au moins tu parleras de ce que tu connais.

— Non. Ça restera un secret entre moi et ces murs. Je n'ai absolument pas honte de ce que j'ai fait. Si je l'ai fait, c'est que de toute façon je l'avais en moi. Je vous ai écoutée, je ne me suis pas menti et c'est la seule chose qui compte vraiment.

— Alors, tu seras une excellente sociologue.

— Merci, madame Denise.

Et sa petite silhouette se dirigea vers la porte que lui ouvrit galamment le garde du corps de Denise.

Le soleil entra violemment. Denise mit ses lunettes noires, et sortit. Elle respira un grand coup l'air déjà chaud de ce matin d'été.

— Ça va être une magnifique journée, dit-elle, en se glissant dans l'auto.

En fait, ça allait être un cauchemar épouvantable.

XIV

Larmes… au poing

— Merci, Pierre, dit Denise, avant de refermer derrière elle la porte blindée de son appartement.

— À tout à l'heure, madame, fait-il en guise d'au revoir.

Pierre est un chauffeur et un garde du corps respectueux. D'ailleurs, ils l'ont toujours tous été, les différents « accompagnateurs » de Denise. Jamais un mot plus haut que l'autre, et toujours ce fameux respect qu'elle inspire naturellement.

Denise se sent lasse. Dans la voiture, elle a somnolé un peu. Malgré ce qu'on peut croire, parce qu'ils sont faits de rires et de fêtes, ces métiers de nuit sont épuisants. Ça demande bien plus d'énergie qu'on croit d'organiser le bonheur des autres.

Elle est vidée. Il lui tarde de prendre son bain et de s'allonger pour s'endormir avec Sacha, qu'elle a remonté de la campagne pour en profiter quelques jours, avant de partir à nouveau en voyage.

Cette fois, elle ne visitera pas un nouveau pays. Elle a décidé de revenir dans ce coin complètement paumé d'Amérique du Sud, à la frontière du Pérou. Là où les indigènes, au lieu d'enterrer leurs enfants morts, les enferment dans un trou creusé dans un tronc d'arbre. Ainsi, quand l'arbre refleurit, c'est un peu de l'âme de leur petit qui reprend vie.

— Si je l'avais su plus tôt, j'aurais fait pareil pour le mien, lui avait confié Chemise blanche, le jour où elle lui avait raconté cette belle coutume.

— Ça doit être interdit chez nous, avait fait remarquer Denise.

Chemise blanche avait juste dit, en baissant les yeux :

— C'est la mort des enfants qui devrait être interdite.

Donc, elle part ce soir. C'est pour ça qu'il lui tarde de se blottir contre Sacha pour bien en profiter.

Tiens, où est-il, Sacha ? D'habitude, dès qu'elle a franchi le palier, il vient se frotter en ronronnant contre ses jambes.

— Sacha… Sacha…

Elle va à la cuisine. La fenêtre est grande ouverte. Pourtant elle est certaine de l'avoir fermée en partant. La femme de ménage, sans doute. « Si Sacha est parti, elle va prendre quelque chose, celle-là ! », rumine-t-elle en la refermant.

— Sacha…

Elle entend un miaulement rauque.

— Qu'est-ce que tu fais là, mon amour ?

Sacha est sous le lit. Il passe timidement la tête.

— Qu'est-ce qui se passe, tu me fais la gueule ?

Sacha émet encore un miaulement qu'elle ne lui connaît pas.

— Tu m'as attrapé quelque chose, toi. Cet après-midi, je t'emmène chez le vétérinaire.

Et Sacha la regarde, triste, et se met à griffer la moquette.

— Eh bien, fait-elle en se déshabillant, ça va vraiment pas, ce matin.

Nue, elle se dirige vers l'armoire pour y ranger ses habits, avant d'aller prendre son bain. Alors qu'elle s'apprête à ouvrir le battant, Sacha se précipite sur ses pieds nus et se met à les griffer, mais sans faire mal.

— C'est fini, oui ? Là, tu commences à m'inquiéter.

Au moment où elle ouvre l'armoire, elle sent comme une énorme bouffée de chaleur. Elle a à peine le temps de froncer les sourcils, qu'une main armée passe à travers les vêtements.

Et derrière la main, Nordine.

Même si en dix ans, il a changé, elle reconnaît tout de suite le regard fou. Et résonne immédiatement dans sa tête la phrase qu'à l'époque il avait répétée au moins trois fois : « Tue-la, cette salope. »

Un réflexe de survie ? Une explosion de colère, parce que « Ah ! non, ça suffit pas deux fois ? », toujours est-il qu'elle balance un grand coup de main qui fait voler le flingue au milieu de la pièce.

Nordine ne s'attendait pas à cette réaction. En principe, quand on a soudain le canon d'une arme braqué entre les yeux, ça scotche.

Là, Denise est entrée dans une rage monstre. Elle le frappe comme une folle. Le temps de la surprise passée, Nordine commence à rendre les coups. Mais Denise est forte. Plus grande que lui, et surtout terriblement survoltée. Dans une bagarre, le plus déterminé est souvent bien plus dangereux que le plus fort. Au bout de quelques secondes de lutte, Nordine comprend qu'il vaut mieux récupérer l'arme qui a volé au milieu de la pièce. Il plonge. Mais Denise a eu le réflexe d'attraper le gros cendrier qui est tombé du guéridon dans la bagarre. Elle le frappe violemment.

Il pousse un hurlement de douleur et de colère. L'arcade a éclaté. Il commence à y avoir du sang partout. Comme dans les films de série B, les mains se disputent l'arme au sol. C'est finalement Nordine qui s'en empare. Il se redresse et, dans un mouvement digne des plus grandes heures du catch, réussit à immobiliser Denise.

Il est assis sur elle, les jambes repliées coinçant sa tête. Il pointe le flingue entre ses yeux.

Denise a tout donné. Elle est à bout de souffle. Son visage est ensanglanté, mais malgré la violence des coups, contrairement à la première fois, elle est complètement lucide.

Et là, s'installe un long moment d'observation. Elle est à sa merci. Il la regarde dans les yeux.

Il la scrute, cette femme qui représente la société qu'il exècre. Cette société de riches qui passe ses nuits dans le champagne et la débauche. Cette société qui les rejette, eux les basanés, aux portes de leurs boîtes de nuit et de leurs fêtes de dégénérés.

Il ne se ment pas non plus. Il sait bien que s'il veut de l'argent, c'est pas pour vivre une vie pépère. S'il avait de la thune, comment qu'il les éclaterait ses nuits, entre la baise, la came et l'alcool ! Et puis il serait le king. Une grosse bagnole, des billets qui dépassent de toutes ses poches et une meuf à part. Pas une pétasse sans culture pleine de silicone qui rapplique et s'allonge au moindre claquement de doigt, surtout si ce doigt porte une bague en or.

Non, une vraie meuf. Avec des couilles. Capable de lui tenir tête et de le consoler quand ça va pas. Une maman quoi. Comme ils cherchent un peu tous.

Le flingue est maintenant collé à sa tempe, Denise voit bien que le regard a un peu changé. Il y a toujours la haine, bien sûr, mais, à présent, il y a un petit quelque chose en plus.

De sa main libre, Nordine essaie d'arracher la bague qu'elle porte à la main droite.

Denise le fixe, le regard révolté. Elle crie :

— Tu vas quand même pas me voler mes cadeaux ?

Étrangement, il est désarçonné. Encore un long regard. Que se passe-t-il dans sa tête ? D'habitude, toutes celles qu'il agresse sont terrorisées, tremblantes. Et plus elles tremblent et plus ça le motive. Là, elle s'est battue comme un homme, et en plus elle le « gronde » comme un sale gamin.

Et soudain le doute. Ou la lassitude peut-être. Quelle vie de merde ! Fuir, avoir mal, faire pleurer, frapper, et fuir encore, sans répit, sans espoir. Il soupire et range l'arme dans sa ceinture. Denise a fermé les yeux. Une longue blessure au front la fait terriblement souffrir. Elle perd de plus en plus de sang.

Il se lève, ramasse les quelques billets posés sur la table de nuit. Il entend des bruits dans l'escalier. Dès le début de l'agression, Denise avait hurlé « Au secours » plusieurs fois. C'est sans doute les voisins qui rappliquent. Il se dirige vers la fenêtre de la cuisine pour repartir par où il est venu. Il l'ouvre, mais au moment de l'enjamber, s'arrête.

Dans sa tête viennent alors cogner le bruit des lourdes portes de cellules qu'on referme, le claquement sinistre des loquets, les insultes des matons, les cris inhumains la nuit.

Elle parlera, c'est sûr. Elle a des relations.

Et la perspective de l'enfermement, et surtout le souvenir des humiliations lui font monter encore plus violente cette bouffée de haine qui s'était délitée, il n'arrive pas à comprendre pourquoi, quelques secondes auparavant.

C'est cette pulsion sauvage et terrible qui fait qu'il sort de sa poche le couteau à cran d'arrêt.

Pas seulement pour tuer. Pour déchirer, dépecer, s'acharner.

Il réapparaît dans la chambre au moment où des bruits violents et sourds martèlent la porte d'entrée.

Denise, cette fois, a perdu connaissance. Il se précipite et se remet dans la position d'avant, assis sur elle, les jambes repliées enserrant sa tête.

Nordine ne verra rien venir. Il entendra un cri étrange. Et il sentira une violente brûlure dans les yeux. Comme une grêle acérée qui lui déchire le visage.

Sacha a bondi comme un fauve, toutes griffes dehors, avec un miaulement strident. Nordine en est tombé à la renverse. Il essaie de dégager de son visage cette boule de poils survoltée qui le laboure.

C'est à ce moment-là que la porte de l'entrée explose, et qu'apparaissent deux hommes : le nouveau voisin et son fils de vingt ans.

— Bouge plus, toi ! crie le père, un fusil de chasse à la main.

Nordine bondit, Sacha toujours accroché à lui. Il s'en débarrasse d'un coup de bras. Puis plonge entre les jambes des deux hommes, rebondit dans leur dos tel un félin qu'il est, et disparaît dans la cuisine.

Tout est allé très vite. Le père, au début, a hésité à tirer, à cause de Sacha. Et Nordine a été rapide comme l'éclair. Le temps que le fils coure dans la cuisine, il s'est déjà enfui par les toits.

Le père est agenouillé près de Denise qui a repris ses esprits après un léger malaise dû plus à l'accumulation de tout le stress de la nuit qu'aux blessures, pourtant impressionnantes. Sacha est déjà contre sa joue. Les voisins, évidemment, ne peuvent pas entendre ce qu'ils se disent.

— J'ai pourtant essayé de te prévenir.

— Je sais, merci.

— Ça va ?

— Oui… Merci, mon amour. Sans toi, je serais peut-être morte.

— Moi aussi je serais mort sans toi. S'il t'avait tuée, je serais devenu quoi, moi ?… Je t'aime.

— Moi aussi.

Elle a dit « Moi aussi » à voix haute.

— Vous aussi, quoi ? demande le fils.

— Moi aussi, je l'ai bien arrangé.

C'est vrai que Nordine est touché aussi. L'arcade et la lèvre ouvertes. Le visage lacéré. Il court sur les toits. Quelques minutes plus tard, il rejoint sa moto. Il est sur le point d'enfiler son casque lorsqu'il entend une voix.

— Je vais appeler la police, dit dans son dos une petite vieille, l'air inquiet.

Nordine se retourne en portant instinctivement la main à son arme. La vieille dame poursuit :

— J'ai toujours dit que c'était dangereux, les deux-roues, vous avez dû faire un sacré vol plané pour être dans cet état.

Nordine sourit et dit en mettant son casque intégral :

— Ne vous inquiétez pas, ça ira.

Après une femme courageuse, une petite vieille prévenante. Décidément, quelle sale journée !

Denise a souhaité que les voisins l'accompagnent d'abord à la police pour porter plainte avant d'aller se faire soigner.

Quand elle arrivera au commissariat, le premier policier qu'elle croisera, oh ! surprise, est un client régulier du 41.

La voyant là devant lui sur son lieu de travail, la tête en sang, il aura cette phrase d'un à-propos rare :

— Ça alors, Denise ! Mais qu'est-ce que tu fais là ?

La faiblesse d'un QI se juge toujours à des réponses. Il est des questions qui en disent parfois plus long.

Elle répondra en souriant :

— Tu vois bien, je viens tous vous branler !

Elle déposera sa plainte et partira se faire poser quatorze points de suture. Mais on ne recoud pas les âmes. Dommage ! Parce que là, il y avait vraiment fracture. Les coups, la peur, elle est profondément traumatisée.

Alors, au lieu d'aller au pays des enfants arbres, elle est repartie à Jérusalem, encore une fois. Et puis plus loin dans les îles. L'île de Pâques, la Calédonie, l'archipel de Vanuatu. Avec presque l'envie de ne plus revenir.

Là-bas, loin, elle vécut pendant quelques semaines au contact de peuplades reculées en essayant d'oublier. D'oublier tout.

Mais même si chaque coucher de soleil n'éveillait en elle que le plaisir d'être là, des centaines de petits détails la ramenaient au 41.

Ces tribus où les hommes portaient des étuis péniens lui faisaient penser à son copain toubib au slip éléphant. Cette île où, pour devenir des hommes, les adolescents doivent se jeter dans le vide, une corde attachée à la cheville. Tout la ramenait au Club.

Elle se disait que, pour passer de l'adolescence à l'âge adulte, le baptême buccal de Reine sur les banquettes du Club était bien moins risqué et bien plus agréable.

Ces petites associations d'idées la frôlaient bien sûr, sans lui gâcher le moindre de ses plaisirs d'être là, mais insensiblement son petit monde d'Indiens métropolitains et de soirées délires lui manquait de plus en plus.

Elle était partie en envisageant de peut-être rester définitivement dans ces îles qu'elle adorait, mais avec le temps et la cicatrisation de l'âme, elle commençait à s'ennuyer de Paris.

Alors elle rentra. Elle avait encore tant de fantasmes à faire réaliser. Tant d'Indiens à réconforter. Tant de fêtes à organiser. Alors les îles, là-bas, elle y reviendrait définitivement un jour, à la fin. Promis.

XV

Fin de siècle… soif de vivre

La justice avait bien changé. Autant, après sa première agression, la juge s'était démenée dans tous les sens pour retrouver les coupables, autant Denise sentait bien que là, tout le monde s'en foutait.

Elle en aura une première confirmation parce qu'on ne retrouvera jamais la trace de Nordine. Et une deuxième, deux ans après le début du nouveau siècle, quand elle se fera de nouveau agresser, mais dans la boîte cette fois.

Mais ce nouveau cauchemar est encore loin.

En cette fin 1997, la vie de rêve a repris ses droits : la fête, l'insouciance, les plaisirs du Club. Et peut-être un peu plus qu'avant ses plaisirs à elle. Au-delà de son exhibitionnisme sans cesse assouvi, quand elle dévoile ses fesses et son ventre vingt fois par soirée à des clients comblés, elle multiplie les aventures en dehors du Club. Des étreintes d'une heure, d'une nuit, avec des femmes ou des hommes de passage, au gré de ses humeurs, de ses pulsions. Sans promesses, sans engagement. Comme un mec. Comme elle l'a toujours rêvé. Comme elle est sûre que ça sera toujours, parce que même avec le temps qui passe, elle n'éprouve aucun besoin de fixer une histoire qui dure. Pourtant, ils sont encore beaucoup à vouloir la capturer, la dompter, l'aimer exclusivement.

Celui-là s'appelait Gilles. Il était venu plusieurs fois au Club, mais ne participait pas. Il était pourtant beau, attirant, mais chaque fois qu'une énervée s'approchait pour l'inviter au plaisir, il déclinait poliment l'invitation.

Denise l'avait d'abord imaginé homosexuel et puis, s'étant mis en tête de le connaître mieux, elle s'était aperçue très vite que le seul motif de son attitude contemplative était qu'il n'espérait qu'une chose, en venant au 41 : la séduire, elle.

Un soir de novembre, ils parlèrent longuement. Suffisamment pour qu'elle décide de le ramener à la maison. Elle avait senti le « bon coup ». Au feeling, comme ça.

Ce fut encore mieux qu'elle l'avait imaginé. Ils firent l'amour de sept heures du matin à huit heures du soir.

Elle fut si comblée que, quelques jours plus tard, quand il lui proposa d'aller passer le week-end en Italie, elle accepta. Et ce fut encore plus merveilleux de délires sexuels et de réelle complicité.

Le mardi soir, au retour de Rome, ils partirent au Club ensemble dans la voiture de Denise. Elle se sentait prodigieusement bien avec lui. Arrivée place Vendôme, elle se rangea sur le côté. Lui qui avait assouvi presque tous ses fantasmes allait sûrement accepter le plus fou. Bon, d'accord, il était une heure du matin, pas six heures de l'après-midi et ce n'était pas la Concorde, mais c'était quand même une place !

Elle sortit de l'auto et alla s'appuyer sur l'aile avant. Quelques passants baguenaudaient encore le long des vitrines des bijoutiers.

Elle remonta sa robe jusqu'aux épaules et s'offrit nue, jambes ouvertes.

Gilles sortit de la voiture, incrédule.

— Tu veux qu'on baise là ?

— Bien sûr.

— Mais, il y a encore du monde qui passe, et puis si les flics arrivent...

— Je m'en fous.

Gilles s'avança, posa ses mains sur ses hanches, puis se ravisa, avec un sourire tendre.

— Allez rhabille-toi, tu vas nous attraper la mort.

Denise le regarda longuement dans les yeux, puis se recouvrit lentement de sa robe, sans un mot.

Ils remontèrent dans l'auto dont le moteur tournait encore. Il tenta de l'enlacer, mais elle le repoussa.

— Tu es vexée ?

Elle ne répondit pas, le regard dans le vide. Loin. Dans une cour de ferme.

— Tu sais, fit-il tendrement, il faut que je te dise ce qui me brûle depuis le début et que je n'ai pas encore osé dire... Je t'aime.

Et elle répondit du tac au tac :

— Mais pas moi.

— Parce que j'ai pas voulu ?

— Non, ça n'a rien à voir. J'aime ta queue, le week-end qu'on a passé, mais toi, je ne t'aime pas. Enfin, pas comme tu le dis.

— Mais pourquoi ?

— Parce que tu le dis mal. Chemise blanche me dit « Je t'aime ». Grand Sachem me dit « Je t'aime ». Mais c'est pas les mêmes. Leurs « Je t'aime » à eux ne veulent rien me prendre. Ce sont des « Je t'aime » d'amis. Ton « Je t'aime » d'amour, excuse-moi pour la vulgarité, j'en ai rien à branler. J'en veux pas. Je crois que t'as pas compris le film.

— T'as pas de cœur alors ?

— Si, mais je ne veux pas d'histoire d'amour. Je ne veux pas partager ta vie, tes angoisses, ta possession et tes doutes. Je ne veux pas qu'on m'attende, qu'on me demande si j'ai bien dormi. Je ne veux pas d'une deuxième brosse à dents. Je ne veux pas m'habituer à toi, à ton odeur, à tes mots. Je veux pouvoir changer de peau quand j'en ai envie.

— Mais tu seras libre.

— Je le suis déjà et ça me va.

— Pourtant j'avais cru…

— Fallait pas.

— Mais je tiens à toi, moi, j'ai jamais rencontré une femme comme toi. Ça peut pas s'arrêter comme ça.

— Arrêter quoi ? Ça n'a jamais commencé.

— Qu'est-ce que je vais faire ?

— Tu vas descendre de la voiture et tu vas appeler un taxi, il y en a plein à cette heure-ci.

— C'est dégueulasse.

— Écoute-moi, Gilles. T'es adorable, mais au moins comme ça, ça sera net et précis. Si tu m'en veux, tant mieux, tu souffriras moins. Regarde les boutiques autour, même si tu avais de quoi m'acheter tout ce qu'il y a en vitrine, je te dirais « non » pareil. Ma liberté n'a pas de prix et j'ai déjà un grand amour. Il ne crie pas « Je t'aime », il le miaule.

— Je pourrais miauler. Je serai ton chat si tu le veux.

Elle le regarda avec pitié et lui asséna en lui ouvrant la portière :

— Allez, dégage, Jacques Brel !

Pendant qu'il s'éloignait dans le rétroviseur et qu'elle faisait le tour de la place, elle repensa à tout ce qu'il y avait dans les vitrines et ne put s'empêcher de se dire, à haute voix :

— Quand même, tous les bijoux de la place Vendôme… Non, de toute façon, il n'aurait pas pu.

Et elle éclata de rire.

Le 12 décembre 1997, Denise dîne dans un grand restaurant avec Grand Sachem dont c'est l'anniversaire.

Leur amitié est devenue inaltérable. Dans l'univers des médias, il brille de mille feux. Pour le reste, il tente de résister à l'ennui qui gaine de gris ses longs moments de solitude quand les sunlights s'éteignent. Sa réussite est exemplaire, saluée. Il est apprécié et redouté. Il fait partie de ceux qui se sont battus pour, un jour, pouvoir tout acheter. Donc forcément comme tous ceux-là, il lui manquera toujours ce qui ne se vend pas.

Et Denise est d'autant plus touchée que dans cette jungle, lui n'est pas un carnassier. C'est un félin certes, mais un authentique rêveur de fond.

Un qui peut se contenter de contempler une étoile sans vouloir la décrocher à n'importe quel prix.

Et c'est pour ça que, celui-là, Denise l'aime plus que les autres.

Ça fait un mois qu'elle ne l'a pas vu au Club, alors, comme elle sait qu'il adore les anecdotes croustillantes, elle lui raconte :

— Samedi dernier, il est une heure du matin, et qui je vois débouler en smoking et nœud papillon ? Gégé, un vieil habitué. Un fêtard de folie qui s'est fait mettre la main dessus par une gamine et qui devait se marier justement ce samedi-là. Alors moi, je lui dis : « Mais qu'est-ce que tu fous là, tu ne devais pas te marier aujourd'hui ? » Et tu sais ce qu'il me répond : « Si… C'est fait. Cet après-midi. Mais je me faisais tellement chier au repas que j'ai monté une combine pour qu'on se tire avec mon meilleur pote qui est là. Un prétexte à la con. On a dit qu'on n'en avait pas pour plus de deux heures, alors faut qu'on se magne. Ils sont où, les travelos ? »

Grand Sachem éclate de rire en se servant un verre de vin italien.

— Décidément, tes travelos, ils ont un succès fou. Tu vas voir que bientôt, y aura plus un hétéro.

C'est vrai qu'ils ont la cote, Mina et Daniéla. Et de plus en plus. Même les plus machos n'ont plus de honte d'assumer des penchants qu'en d'autres temps ils auraient soigneusement cachés.

— Dans la forme, ça a changé, mais le fond a toujours été là, affirme Denise à Grand Sachem, qui lui n'est pas un converti mais un pratiquant de la première heure.

Et elle poursuit :

— Je pense que tous ces mecs qui passent à l'acte ont ça en eux depuis très longtemps. Simplement, l'époque, l'ouverture d'esprit font qu'ils assument. Tiens avant-hier, il y avait Greg… Tu sais Greg.

— Je vois pas.

— Mais si, le dentiste, beau, balèze, avec la chemise toujours ouverte sur la chaîne en argent, macho grave.

— Ah ! oui, se souvient Grand Sachem.

— Eh bien, reprend Denise, il est venu me voir à la fermeture. Il m'a entraînée à part et là, tu vas pas me croire, il a sorti une bougie de son blouson et il m'a demandé de la lui enfoncer dans le cul.

— Et tu l'as fait ?

— Avec un plaisir immense, fait Denise, les yeux brillants. En plus, en repensant à la manière macho dont il traitait les filles, je me suis déchaînée.

— Et alors ? rigole Grand Sachem.

— Et alors, la bougie a fondu !

Emportée par son plaisir de raconter, elle a prononcé

la dernière phrase fort. Le maître d'hôtel du grand restaurant, n'ayant saisi que ces derniers mots, se précipite alors, serviable :

— Ne vous inquiétez pas, on va la changer, fait-il en empoignant délicatement le chandelier.

Évidemment, les rires redoublent.

Et comme un rite tragique, comme chaque fois au milieu de la journée ensoleillée, encore la foudre !

Le portable sonne.

— Allô ! oui, c'est moi, fait Denise. Oui... Ah...

Et elle s'effondre en larmes, complètement anéantie.

— Mon papa est mort, arrive-t-elle à prononcer avec peine.

Et Grand Sachem la prend sur son épaule.

Et le jour où Grand Sachem perdra sa mère, quelques années plus tard, Denise le prendra à son tour sur son épaule.

Contrairement à ce qu'on croit, l'amour n'habite pas dans le cœur. Au début peut-être, mais après il déménage pour l'étage juste au-dessus.

La mort du père, c'est comme un parapet qui tombe. Et maintenant le précipice est là, juste en dessous, sans dernier rempart. Dans combien d'années y tombera-t-elle ? Dix ans, trente ans, quarante ?

En attendant, il n'y a plus rien entre elle et le vide.

Bien sûr, il reste sa mère, dont elle sera évidemment plus proche après le départ du père. Parce que c'est une loi immuable de la nature : le temps qui passe fait que les parents deviennent en toute logique les enfants de leurs enfants.

C'est elle qui maintenant s'occupera de la mère.

Mais Denise, avec ce décès, a pris conscience d'une fin inéluctable. Elle n'a ni frère ni enfant. Donc après elle, le nom s'éteindra. Cela lui donne un sentiment étrange. Celui d'être suspendue à présent dans le vide au bout d'une corde.

Alors ça et l'immense chagrin d'amour, parce que son père va terriblement lui manquer, lui font une fin de siècle bien triste.

Dans deux ans, on franchira l'an 2000, mais elle est sûre que, au plus profond d'elle, elle restera définitivement une femme du siècle d'avant.

De toute façon, elle les aime de moins en moins, ces années-là.

Le fric devient vraiment indécent. De moyen, il est devenu fin. Un fric qu'ils n'ont même plus honte d'étaler, comme autrefois on étalait son honneur.

Il en est un, chef d'entreprise puissant et nouveau riche qui, chaque fois qu'il vient au Club, étale ses billets à tout propos.

Veut-il faire connaissance, que là où d'autres iraient tout simplement engager la conversation, lui, il fait servir deux, trois bouteilles du meilleur champagne.

Au lieu d'un sourire, il séduit en agitant ostensiblement une énorme liasse de billets neufs.

Il reste un ami, mais Denise déteste cette manière de faire. Elle pourrait se fâcher, mais elle a renoncé depuis bien longtemps aux représailles. Elle sait que ce manque de savoir-vivre porte sa punition en lui. Il est malheureux, il le sait et ne fait rien pour que ça s'arrange.

Et plus il achète ses plaisirs et plus le bonheur le fuit. Elle le connaît bien Denise, ce cercle vicieux : l'envie d'être heureux. Le travail. La réussite. Le pouvoir. L'argent, beaucoup d'argent. Trop. Les flatteurs. Les parasites. La solitude. L'envie de mourir. Le désespoir. Donc, on revient au départ : l'envie d'être heureux. Alors, le travail. La réussite, etc., etc. Et si le bonheur ne s'achetait pas ? Et si l'argent était comme l'alcool : « à consommer avec modération » ?

Alors, évidemment, on entend le chœur des démunis : c'est facile de dire que l'argent ne fait pas le bonheur quand on en a. Bien sûr qu'ils ont mille fois raison. Bien sûr qu'il est douloureux d'avoir des mois de quinze jours, tant les quinze autres sont faits de privations.

Bien sûr qu'ils sont à vomir, ces privilégiés gavés, nantis, qui viennent chialer leur mal de vivre, leur trop-plein, à la gueule de ceux qui voudraient juste avoir le minimum vital.

Bien sûr qu'il n'y a vraiment pas de quoi s'apitoyer.

Mais personne n'est à l'abri d'une bonne nouvelle. Et s'il en est parmi vous quelques-uns qui ont ou auront la chance de se couvrir d'or, il vaudrait mieux pour eux qu'ils gardent à l'esprit ce que disaient les vieilles grand-mères de chez nous : « Suffisamment, c'est déjà assez. »

J'ai adapté la formule à ma façon : « À quoi sert d'acheter un matelas neuf à crédit si le prix du crédit t'empêche de dormir ? »

On devrait marquer sur les billets : « L'abus d'argent nuit gravement à la santé. »

« On n'a jamais vu un coffre-fort suivre un corbillard », disaient les vieux de chez moi. Et si c'était l'adage premier du bonheur ?

Ce soir-là, à la veille de l'an 2000, c'est une angoisse bien éloignée des affres du profit à tout prix et de ses conséquences que Denise va éprouver. Un bien étrange péché qu'on va lui demander d'absoudre.

C'est une soirée chaude et drôle à la fois. Ça jouit fort et ça rigole encore plus. Avec en prime, un esclave à quatre pattes au milieu de la piste qui restera ainsi, nu et enchaîné sans le moindre geste, pendant toute la soirée. De temps en temps, sa maîtresse, qui l'a emmené en laisse, ira s'asseoir dessus ou lui donnera un grand coup de pied dans les côtes, comme ça, en passant. Mais vraiment pour faire plaisir !

Géronimo est là. Cheval du désert et Mérou de Tahiti aussi. Plus quelques « fils de… ».

Car il y a événement : Monsieur Albert s'est enfin décidé à amener sa collection de poils de chatte. Ce sont deux gros classeurs, style albums, qu'il a étalés sur le bar.

Tout est classé avec une précision d'écolier. Un collant transparent recouvre le poil, et juste au-dessous ont été soigneusement notés la date de la capture et le nom de la dame.

Et tous sont ébahis d'y retrouver des patronymes fort connus.

— C'est pas possible, elle aussi ?

— Eh oui, fait Monsieur Albert, fier comme un coq, mais elle ne faisait pas encore de politique, je l'ai connue étudiante.

— Et là, il y en a deux, remarque Cheval du désert.

— Ce sont les deux époques, explique Monsieur Albert avec un sérieux d'historien. Un poil de garçon avant l'opération et un poil de fille quand elle est devenue la star que l'on sait.

On croirait une bande de spécialistes s'extasiant devant une collection de philatéliste.

— Ce soir, fait triomphalement Monsieur Albert, si je vous ai enfin apporté mon trésor, c'est parce que j'ai décidé de cesser définitivement la chasse au poil de chatte.

— Oooh ! font en chœur les Indiens, jouant la déception.

— Eh ! oui, messieurs, il faut savoir ne pas faire le combat de trop et s'inventer de nouveaux défis. C'est pourquoi, dès ce soir, je m'attaque à un défi bien plus ardu.

— Lequel ? demandent-ils.

— Patience, messieurs... Patience et secret.

Pendant ce temps, dans l'entrée, Denise est confrontée à un tout autre problème. C'est une jeune fille mince d'une vingtaine d'années. Elle a demandé à lui parler en tête à tête. Alors Denise a viré les libertins du petit recoin où passent les films pornos.

— Tu t'appelles comment ? attaque Denise.

— Cynthia.

— On s'est déjà vues ?

— Vous ne m'avez sûrement pas remarquée, mais je suis venue deux ou trois fois.

— Et alors ?

— Alors je suis enceinte et j'ai attrapé ça ici.

Denise est estomaquée par l'expression.

— Comment ça, « attrapé » ?

— Un soir, je suis venue avec un copain et puis j'ai joué avec plein de garçons et voilà.

— Et vous n'avez pas mis de capotes ?

Elle baisse la tête :

— Non, madame.

Denise est folle de rage. Plus pour le danger que pour la grossesse.

— Mais vous êtes malade ou quoi ! Tu sais pas que c'est la mort que tu peux attraper, petite conne !

Cynthia se met à pleurer. Denise comprend que c'est une fragile, une paumée et lui prend doucement la main.

— Et tu sais évidemment pas qui est le père ?

— Non, ils étaient trois ou quatre. Alors c'est pour ça que je suis venue. Pour vous dire que moi, madame, je veux pas d'avortement. Ça me fait peur. Alors, le petit, quand il arrivera, je vous le laisse. Je l'ai fait ici, il est à vous, c'est votre responsabilité.

Ça aussi, si c'est un scénario, on te le jette à la gueule, et pourtant cette conversation a réellement eu lieu un soir de 1999 au 41.

Denise dut recourir à toute sa psychologie et à tout son bon sens pour expliquer qu'en aucun cas elle n'était responsable. Tu sais, comme dans les parkings : « La société n'est pas responsable des vols ou dégradations des objets laissés dans le véhicule. »

En l'occurrence, « l'objet dans le véhicule » n'avait que quelques semaines et Denise finit par convaincre Cynthia de se faire avorter. Mais elle n'aurait jamais cru avoir un jour à gérer une situation aussi surréaliste.

En bas, la belle soirée battait son plein entre orgasmes, blagues de potaches et conversations culturelles. Mais oui, culturelles !

Calumet de la paix passait le plus clair de son temps, entre deux fellations (et parfois pendant), à philosopher très sérieusement avec des amis journalistes.

Ils prétendaient que le 41 avait quelque chose de la décadence antique. Donc qu'il était propice à l'expression d'une pensée juste et cohérente. Ils reconnaissaient aux philosophes grecs une lucidité rare sur les choses de ce monde, arguant que beaucoup d'entre eux avaient trouvé, d'après l'histoire, leur inspiration dans des lieux de plaisir.

Et ce fut au beau milieu d'un exposé philosophique traitant de l'influence salutaire de l'hédonisme sur les dirigeants politiques, qu'on entendit un cri strident qui ne semblait pas être une manifestation de plaisir.

Puis sortit comme une furie une blonde aux seins

lourds d'une quarantaine d'années, vociférant et réclamant à grands cris la patronne.

— Qu'est-ce qu'il y a encore ? fit Denise, qui était accourue, alertée par les cris.

— Madame Denise, on est là pour s'amuser, mais il y a des limites. J'étais à quatre pattes au fond en train de sucer, quand j'ai senti quelqu'un commencer à me lécher derrière.

— Ça, c'est plutôt agréable, sourit Denise.

— Tout à fait, approuva la « plaignante ». Mais voilà pas que ce salaud m'a arraché les poils du cul avec les dents… Tiens, c'est lui !

Elle venait de désigner Monsieur Albert, qui, piteux, baissait les yeux.

— C'est pas bien, ça, Monsieur Albert, fit semblant de sermonner Denise, se retenant de pouffer de rire. Rhabillez-vous et que je ne vous voie plus ici.

La plaignante repartit, satisfaite, vers le coin « câlins » et Monsieur Albert, rhabillé, vint récupérer ses albums au bar.

Ainsi collectionneurs en exhibitionnistes, d'Indiens en esclaves, d'orgasmes en confidences et d'éclats de rire en confessions, le lendemain, le 41 passa au nouveau siècle.

Le troisième millénaire y débuta comme y avait fini le deuxième, dans la démesure et le plaisir.

Denise prit la décision de rester définitivement une femme du XXe siècle. Combattante, intègre, légère, humaniste, et fidèle à ses convictions. Celles du XXIe s'annonçaient plus masculines, plus exigeantes, plus performantes et bien moins fortes, en fait.

Mais ça, c'était son point de vue. Le siècle qui l'avait

vue naître lui avait au moins donné la chance de choisir ses vices et ses tendresses. En un mot, la liberté.

Celui qui s'annonçait lui laissait présager un clonage de filles formatées et paumées. C'est ce qu'elle pressentait, en se disant qu'il était possible qu'exceptionnellement elle se trompe.

Car Denise était sûre de la justesse de ses analyses et de ses convictions. Et la vie lui avait donné tant de fois raison.

À titre personnel et sentimental, elle était persuadée que Sacha n'était pas un animal, mais « l'homme de sa vie ».

Elle avait raison. Hélas. Puisque Sacha sera atteint en 2002 d'une maladie terriblement humaine : le cancer…

XVI

Anges gardiens… démons de minuit

— Vous en avez, du courage, monsieur Jean-Claude, d'aller faire de l'exercice à cette heure-ci ! lance la gardienne à l'homme qui range son sac de sport dans le coffre de sa voiture.

— Eh oui, il faut bien s'entretenir, répond Jean-Claude.

Il est minuit. Jean-Claude démarre, direction le 41 rue Quincampoix.

Quand il arrivera, il filera discrètement aux toilettes. Tranquillement, il ôtera son petit costume cravate. Et il s'habillera avec les cuissardes, le soutien-gorge et le string en cuir à clous. Et, une fois sur la piste de danse, il recevra de Denise la correction espérée. Puis il reviendra se changer dans les toilettes, et en ressortira tiré à quatre épingles.

Quand il repassera devant la loge de la gardienne insomniaque vers quatre heures du matin, elle s'émerveillera encore :

— Quel courage, monsieur Jean-Claude, allez bonne nuit.

— Bonne nuit.

La routine. Encore un secret enfoui au plus profond de la nuit.

Un secret comme il y en a des milliers. Des milliers de déviances cachées, qu'ils sont une multitude à trimbaler en plein jour sans le moindre soupçon. La nature humaine est ainsi faite. Et qui sait si le plus innocent de vos voisins ne promène pas sous sa droiture de façade quelques détours inavouables ?

Et au fond, qu'est-ce que ça peut bien faire ?

Le pire n'est-il pas, justement, que la société hypocrite s'empresse de s'offusquer de ces pratiques qu'elle prétend qu'on lui cache, alors qu'elle en connaît pertinemment l'existence ?

Ne faudrait-il pas, une bonne fois pour toutes, les accepter au grand jour, ces amours buissonnières ?... Vaste débat !

Et si une fois révélées et acceptées par tous, ces escapades en perdaient leur sel ? Parce que c'est justement l'interdit qui en fait tout le charme... Encore plus vaste débat !

Au 41, les festivités continuent. Ce soir, Denise a eu la visite d'un couple venu la remercier (encore un) pour leur avoir permis de reconstruire leur amour.

— C'est grâce à toi que j'ai compris que la jalousie était une blessure d'amour-propre et pas d'amour, confie l'homme à Denise.

Et il enchaîne :

— Je n'aurais jamais pensé que le fait de voir celle que j'aime se faire prendre sous mes yeux ne me procurerait que du bonheur.

— Et Dieu sait si tu es jaloux, ajoute sa femme.

— Ça c'est sûr. Si je vois un mec la regarder avec trop d'insistance au restaurant, je deviens fou.

— J'ai du mal à comprendre, fait Géronimo, qui s'est immiscé dans la conversation.

C'est Denise qui explique :

— Ici, c'est lui qui décide. Ça change tout. Ce n'est pas l'acte qui blesse, c'est la trahison. Ça prouve bien, effectivement, que la jalousie n'est qu'une blessure d'amour-propre.

— J'irai même plus loin, dit la femme, je pense que le véritable amour, le seul, c'est ça : être heureux du plaisir de l'autre. Tout le reste n'est que possession égoïste.

— En tout cas, Denise, reprend le mari, je te remercie encore. Si tu veux, à la fermeture, on t'invite à manger un petit morceau au Pied de Cochon.

— Non, merci, décline Denise. C'est gentil, mais je ne voudrais pas trop traîner. Il y a un match du tournoi des cinq nations samedi, et la fin de semaine va être chaude.

Le Bouclier de Brennus est un trophée d'un autre temps. Une récompense de guerrier. Un triomphe gaulois. Dans toute l'acception du terme. Gaulois par les rudes combats à l'ancienne dont il est l'objet, et gaulois aussi parce qu'il génère toute une kyrielle de fêtes paillardes lors de sa remise à Paris. Des fêtes qui commencent deux jours avant la finale du championnat de France de rugby. On voit débarquer de province, et plus particulièrement du Sud-Ouest, toute une cohorte d'aficionados venus fêter leur passion du dieu ovale.

Mais, pour une minorité, ce n'est pas seulement ça.

L'escapade est aussi un prétexte à s'encanailler dans les lieux les plus festifs de la capitale. Des restaurants basques, auvergnats pour la bouffe, en passant par la rue de la Soif pour la boisson, ils sont quelques-uns à terminer leur virée nocturne soit au bois de Boulogne, soit au 41 pour les plaisirs de la chair.

Ce qui donne lieu évidemment, vu le chaud tempérament de ces supporters en goguette, à des anecdotes inoubliables. Des anecdotes qui s'égrènent du jeudi au dimanche matin. Là, il n'est pas rare que Denise retrouve, dans le train qui la ramène dans son Limousin, quelques-uns des joyeux fêtards qui étaient au Club quelques heures auparavant.

Il faudrait bien vingt tomes d'un épais roman pour répertorier les milliers d'éclats de rire, de quiproquos, d'énormités qui ont fait la légende de ce que les profanes appellent « la troisième mi-temps ».

Avant de rejoindre le 41, un soir de finale, arrêtons-nous à une seule de ces belles histoires vraies, dont le petit monde du rugby a fait son patrimoine « cul... turel ».

Ça se passe au bois de Boulogne, une veille de France-Angleterre.

Une poignée de supporters, anciens joueurs, baguenaude aux alentours de la porte d'Auteuil en quête du travesti docile qui acceptera d'assouvir leurs envies. L'heureux élu n'est pas particulièrement féminin. Mais la lumière basse des réverbères arrange bien des choses. Le taux d'alcoolémie de la joyeuse bande aussi.

Voici donc le plus costaud d'entre eux, appuyé contre un arbre dans la pénombre d'un fourré, et à genoux devant lui, le tapin appliqué qui s'échine à faire jaillir du membre ramolli par l'excès de boisson la semence libératrice. Je vous l'ai fait littéraire, mais vu du côté des fêtards, ça donne :

— Putain con, va falloir qu'il lui fasse une pipe de concours, ou on sera pas rentrés à Saint-Gaudens avant Noël.

Au bout d'un quart d'heure d'application sans faille du travesti, le grand costaud finit par éjaculer, accompagnant l'aboutissement de son plaisir d'un trivial :

— Boudu, ça fait du bien d'avoir les couilles propres !

Le travesti, encore à genoux, lève alors ses grands yeux fatigués vers lui et lui pose cette question étonnante :

— Tu jouais pas deuxième ligne à Lourdes, toi ?

— Si, fait le grand costaud, ahuri.

Et le travesti enchaîne avec nostalgie :

— J'ai joué contre toi, j'étais talonneur à Bagnères.

Elle est authentique. Ne vous précipitez pas dans les archives pour tenter de retrouver ces deux-là. Par souci de discrétion, j'ai changé le nom des villes.

En ce soir de finale (dont je ne donnerai pas l'année, également par souci de discrétion), le Bouclier de Brennus fit donc une entrée triomphale au 41.

Les joueurs l'avaient emmené avec eux pour fêter leur titre de champions de France. Et c'est sous les bravos que Denise retroussa sa robe légère, et frotta son sexe sur le trophée. Histoire de porter bonheur pour l'année suivante. Et c'est toujours ce fameux souci de discrétion qui m'empêche de vous dévoiler si l'année suivante le « maraboutage » de l'objet fit son effet. Ce serait trop facile à retrouver.

Denise était heureuse. La jeunesse et la vigueur des hommes présents étaient son eau de jouvence. Chemise blanche, un soir de bavardage sur le temps qui passe, lui avait demandé si vieillir lui faisait peur. Elle avait répondu :

— Non. On n'est vieux que dans le regard des autres. Tu te rends compte la chance que j'ai ! Tous les soirs, il y a des gamins de vingt ans qui me draguent comme c'est pas permis. Ils ont envie de moi. C'est fantastique.

— C'est peut-être pour ça que tu lâches pas le Club. Pour qu'ils te rassurent.

Elle éclata de rire.

— Franchement, non. Je pourrais m'en passer. Mais quel pied d'en profiter. Je pourrais être leur mère, et je les fais plus bander que leurs nanas. Je peux t'assurer que pour une femme qui aime séduire, c'est le plus beau des cadeaux. Comme quoi c'est pas une question de chirurgie esthétique. J'ai des copines de mon âge retendues à faire péter les coutures, et la seule chose qui est dure chez leur mec, c'est la gourmette. T'imagines le bol que j'ai ! Et je sais pas pourquoi.

— Moi, je sais. L'œil, l'envie, l'âme, la franchise…

— Rassure-moi, le cul aussi ?

— Évidemment.

Cette soirée de finale fut exceptionnelle. Pour les délires, bien sûr, mais aussi parce que Denise, ce soir-là, fit quelque chose qu'elle ne faisait que très rarement. Virer deux filles du Club. Une par dégoût, l'autre par compassion.

La compassion fut pour la première. Elle s'appelait Aurore, et c'était le troisième jour de suite qu'elle venait avec un copain. Elle devait avoir vingt ans au grand maximum.

C'est Géronimo qui vint alerter Maman :

— Excuse-moi, Denise, mais je préfère t'en parler. La gamine, là, sur la piste, j'ai parlé un peu avec elle, elle m'a dit qu'elle venait de faire une fugue.

Denise alla la chercher et l'amena au calme dans le petit escalier derrière le bar. Effectivement, Aurore avait fugué de sa Bretagne natale pour partir à l'aventure avec un copain. Et le voyage les avait menés, après cent détours, au 41, où ils revenaient depuis trois nuits.

Alors, Maman enfila sa panoplie d'assistante sociale. Et lui parla de l'inquiétude de ses parents, de sagesse, de tendresse, de respect. Et la petite, en un quart d'heure, fut convaincue de rentrer.

— Mais… j'ai même plus d'argent pour prendre le train ! avoua-t-elle en pleurant.

Alors Denise redescendit à la caisse et lui donna de quoi payer son voyage.

— Je peux rester encore un peu ? demanda Aurore.

— Non, pars maintenant, je ne veux pas que tu changes d'avis.

Quelques jours plus tard, Denise recevra un coup de téléphone d'Aurore, lui disant qu'elle était rentrée et qu'elle ne la remercierait jamais assez de lui avoir fait comprendre que le respect de soi passait avant tout par le respect des autres.

En ce soir de finale, il y avait au 41 une autre fille, à qui, justement, le manque de respect d'elle-même et des autres allait coûter cher.

Dans le coin « câlins », c'était la grande cavalcade. Elle s'appelait Juliette. C'était une grande rousse complètement déjantée. Même Reine était admirative. Et il en fallait pour bluffer Reine. Juliette était arrivée avec les joueurs et avait dû se faire sauter, depuis, par la moitié des hommes de la boîte, c'est-à-dire une bonne cinquantaine.

T'imagines la gourmande !

Dégoulinante de sueur et de semence, elle était avachie sur la banquette, lorsque arriva le Coffre. C'était un rugbyman de la génération 70, fidèle supporter du XV de France actuel, et qui n'aurait manqué pour rien au monde, à chaque match à Paris, la fête chez Denise.

Il se mit à genoux devant Juliette et se mit à la déguster avec délectation. Bon d'accord, c'était soirée de gala, mais tout de même !

Un copain ne put s'empêcher d'exprimer son dégoût.

— T'es givré, Coffre, elle vient de se faire choper par cinquante mecs, et toi tu la bouffes, ça me fout la gerbe.

Et le Coffre, qui avait toujours le mot pour rire, même sur les terrains quand il jouait, répondit, tout en continuant :

— J'ai toujours été un travailleur au sol, moi, tu m'as déjà vu sauter en touche ?

C'est à ce moment-là que, soudain, Denise arriva comme une furie, attrapa Juliette violemment par les cheveux, et la traîna en l'insultant :

— Espèce de pute, rhabille-toi et dégage, je t'attends en haut.

Le Coffre, gêné, dit à Denise :

— Eh ben, Maman, qu'est-ce qui se passe ? C'est quand même pas parce que je lui bou...

Denise l'interrompit, toujours aussi en colère :

— Ça n'a rien à voir avec toi. Monte avec moi, tu vas comprendre.

Quelques minutes plus tôt, on avait sonné à la porte du 41. Le portier avait jeté, comme à son habitude, un coup d'œil à l'écran de contrôle qui filmait le pas de la porte. Il avait tout de suite appelé Denise. L'auteur du coup de sonnette était un petit garçon de dix ans à peine.

— C'est pas un endroit pour les enfants, fit Denise gentiment.

Et elle ajouta, soucieuse :

— Et qu'est-ce que tu fais là, tout seul, à cette heure-ci ?

— J'attends ma maman, mais j'en ai un peu marre. Elle m'a dit de rester dans la voiture parce qu'elle en avait pas pour très longtemps. Mais maintenant, j'ai un peu faim.

Rarement Denise avait senti une telle rage monter en elle. Elle était bouleversée et dégoûtée. Elle avait demandé au petit de lui décrire sa mère et elle était descendue la chercher de la manière qu'on sait.

À présent, Juliette, rhabillée et titubante d'alcool, remontait du sous-sol. Denise demanda au gosse d'aller dans la voiture, en lui disant que sa mère serait là dans une minute. Elle ne voulait pas l'insulter devant son fils. Elle déversa sur la mère indigne un torrent d'injures. Juliette balbutiait :

— Mais, j'ai trouvé personne pour le garder. Il ne risquait rien dans la voiture. Je lui avais laissé de l'eau, des Mars et sa console de jeux.

Et ce fut le Coffre, écœuré, qui clôt l'incident en lui retournant une gifle énorme qui l'envoya valser contre la porte d'entrée. Puis il se tourna vers Denise et lui dit, les larmes aux yeux :

— Je sais que c'est pas bien de frapper une femme, excuse-moi, mais j'ai pas pu me retenir.

— Ne t'excuse pas, répondit Denise, si tu ne l'avais pas fait, c'est peut-être moi qui l'aurais fait. Même si je pense qu'à ce degré-là de bêtise et d'inconscience, la violence ne résout rien.

Et le Coffre, en bon gros nounours honteux et maladroit, conclut :

— C'était pas de la violence, c'était un réflexe.

L'épisode avait conforté Denise dans son aversion pour ce genre de femmes qui étaient une insulte vivante à la Femme majuscule pour la dignité de laquelle elle s'était tant battue. Car c'était là un des paradoxes essentiels de son jugement : autant elle avait lutté pour ses sœurs de sexe, autant elle nourrissait une défiance implacable à leur endroit. Pour elle, très peu étaient fiables. Elle les trouvait jalouses de tout, envieuses, et elle préférait de loin l'amitié des hommes. Elle était ainsi, la Denise des années 2000.

Toujours féministe mais totalement allergique aux aboiements des « chiennes de garde » qui, pour elle, se trompaient de combat. La bagarre était ailleurs : pas de femme à homme, mais bien de femme à femme. C'était avec elle-même que la femme avait un problème à régler en priorité. Éliminer ses propres travers avant de montrer du doigt ceux des hommes qui, tout compte fait, n'étaient ni pires ni meilleurs.

L'incident de Juliette, qui avait fait le tour du Club, avait étrangement calmé l'ambiance. Comme une pluie d'été qui vient adoucir une chaleur électrique. La fête continua, mais plus feutrée, plus tendre.

On vit même le Coffre, traumatisé, tenir une coquine par la main en lui susurrant des mots tendres pendant près d'une demi-heure.

— J'aimerais te couvrir de pétales de rose, déclama-t-il.

— Tu me boufferais pas plutôt la chatte ? rétorqua l'indécente, lassée des précautions du poète maladroit.

— Y a pas que le cul dans la vie ! lança-t-il, agacé du charme rompu.

Et il ajouta, parce que le naturel était revenu au triple galop :

— D'accord, mais c'est vraiment pour rendre service.

Pendant tout le voyage qui emmena Denise à Limoges ce dimanche matin-là, la fête continua. Toutes les dix minutes, elle vit défiler dans son compartiment des supporters hagards et heureux de la trouver là. Ils accompagnèrent son voyage de chansons, d'outrances supplémentaires, au point que, un peu saturée, elle se sentit soulagée quand elle posa le pied sur le quai de la gare.

Il y eut encore un dernier fêtard pour lui courir après, l'embrasser et la remercier encore pour la soirée. Elle râla contre ces quelques secondes supplémentaires volées à sa tranquillité.

Sur la route de sa maison, elle put enfin ouvrir grand la vitre pour respirer l'air frais. Plus que la grande ligne droite, la petite descente de deux kilomètres, et elle serait arrivée. Elle allait enfin pouvoir embrasser Sacha. Et, comme en plus, cette fois, le passage à niveau était ouvert, elle allait gagner cinq minutes.

Soudain, un bruit de tonnerre par la vitre ouverte la fit sursauter. À quelques mètres seulement devant elle, le train traversa à une vitesse folle le passage à niveau, dont la barrière ne s'était pas baissée.

Elle se gara sur le bas-côté, rétrospectivement effrayée. À quelques secondes seulement, elle aurait été broyée. Les secondes volées par le supporter et contre lesquelles elle pestait sur le quai de la gare !

Alors quoi, le hasard, la chance, le destin ?

Elle préféra se dire qu'elle avait un ange gardien drôlement vigilant. Il le sera encore, par une belle nuit d'été, aux alentours du Cap-d'Agde.

Fin juillet 2001. Après avoir passé quelques jours de repos à Cannes chez son ami Chemise blanche, Denise décida d'aller rejoindre des amis dans le Languedoc. Et ce soir-là, après une bonne bouffe de là-bas, ils montèrent dans leurs voitures, direction le Cap-d'Agde.

Le Cap-d'Agde en quelques années était devenu La Mecque de l'échangisme.

Au début plage naturiste, le camp s'était rapidement transformé en une gigantesque foire au cul. Les boîtes avaient fleuri partout, et y débarquaient chaque année, pour un été de débauche, tous les partouzeurs de la communauté européenne.

Chemise blanche lui avait parlé d'une boîte démente à ciel ouvert qui avait pour nom L'Extasia. Située sur la commune de Pinet, ça ne s'invente pas !

Alors ce soir, avec ses amis, elle avait décidé d'aller visiter. Par curiosité surtout. Comme un metteur en scène qui va voir le film d'un autre. En l'occurrence, ce fut plus du grand Fellini que du Truffaut.

L'Extasia s'étendait sur plusieurs hectares, isolés en pleine campagne. Il y avait une grande boîte de nuit, de deux étages. En bas, le bar et une immense piste de danse.

En haut, c'était le coin « câlins » du 41 multiplié par dix. Ça ne plaisait pas trop à Denise. Trop grand, trop de monde. Mais c'est vrai qu'il y avait un côté orgie romaine très séduisant pour les amateurs.

L'inconvénient du nombre était que ça multipliait aussi les chances de croiser des couples hasardeux. Des pulpeuses dégoulinant de blondeur peroxydée au bras de longs maigres chauves, troués de bijoux en ferraille. C'était plus du piercing, c'était de la quincaillerie ! Des géantes en porte-jarretelles au bras de demi-cow-boys en pantalon toit ouvrant à l'arrière sur des fesses molles.

Par bonheur, il y avait aussi de splendides Italiennes au corps parfait montées sur des talons échasses, la poitrine arrogante, et le clitoris avenant, accompagnées de mâles suédois d'une beauté viking à couper le souffle.

Enfin, bref ! Une très large palette de libertins que la douceur de l'été et les bronzages récents embellissaient, sous les sunlights d'une autre piste de danse, à ciel ouvert celle-là, face à un grand bar lui aussi en extérieur.

Mais la grande particularité de L'Extasia était ailleurs : un petit bois d'un hectare, traversé de petits chemins éclairés de part et d'autre de minuscules lampes repères de couleur verte. On aurait cru des vers luisants faisant une haie d'honneur.

En suivant ces petits chemins, on arrivait dans une clairière où étaient dressées deux grandes tentes, dans lesquelles étaient alignés des lits de dortoir. Et ça baisait dans tous les coins. Contre les arbres, dans les tentes, au milieu du chemin. Ça donnait une ambiance assez surréaliste dans laquelle on entendait monter du cœur de la mini-forêt des cris d'orgasmes. Un jardin d'Éden pour allumés, où les arbres servaient aussi de poteaux de torture à quelques belles enchaînées livrées au premier qui passait.

C'est vrai que l'endroit était unique, merveilleusement décadent et champêtre. Mais pour Denise, il y manquait l'intimité, l'indécelable petit plus qui différencie les étés en famille des colonies de vacances.

Les amateurs étaient ravis et s'y pressaient avec délectation. Il arrivait qu'en plein mois d'août, ils soient près de quatre cents couples par soirée à se livrer aux joies de l'échangisme.

C'était aussi ça, la différence avec le 41, ici, on n'entrait qu'en couple.

Chemise blanche lui avait conté le merveilleux de l'endroit. Elle aurait pu en être jalouse et prendre ça comme une infidélité. Mais elle savait que L'Extasia se cantonnait pour lui à une résidence d'été, où il venait chercher, seul, après ses spectacles la tranquillité de boire un verre au bar en tout anonymat. Dans les autres boîtes dites « normales », il aurait passé ses soirées à être importuné par des curieux de sa célébrité, alors que là, comme au 41, la réserve était de mise.

Et puis elle savait bien qu'à Paris, Chemise blanche avait toujours eu le tact, par amitié, de ne jamais apporter ses spermatozoïdes à la concurrence.

Il avait aussi dit à Denise que le patron était adorable.

Ce fut le cas. Il accueillit l'Icône comme il se devait.

Elle passa une agréable soirée, mais vers cinq heures, fatiguée, elle demanda à rentrer.

Elle était venue accompagnée de trois amis et d'une copine.

Elle, bien sûr, était restée sagement au bar. Elle n'allait pas faire des devoirs de vacances en plus ! Les hommes, eux, s'étaient éparpillés dans le bois où l'on pouvait cueillir tous les fruits et toutes les fleurs d'une forêt d'amour.

Charly, qui l'avait conduite en voiture, ne voulait pas partir tout de suite.

— Je suis venue avec toi, je repars avec toi, insista Denise.

— Sois gentille, Maman, rentre avec Jean-Paul, moi je ramènerai Christophe et Patricia.

Elle se résolut à partir avec Jean-Paul.

— T'inquiète pas, on va pas tarder, lança Charly. On arrive une demi-heure après vous.

— Faites attention en rentrant, cette route est réputée dangereuse.

— Tu sais, fit Charly, fataliste, si ça doit être l'heure, ce sera l'heure. Mais y a pas de raison, on n'est pas des méchants. Je vois pas pourquoi le bon Dieu nous ferait ça.

Pourtant ce fut l'heure.

Arrivée à destination avec Jean-Paul, Denise, qui n'avait toujours pas de nouvelles au bout d'une heure d'attente, composa le numéro de Charly.

C'est un pompier qui répondit. Sur la route du retour, l'accident de voiture avait été terrible. Patricia n'avait presque rien, Charly était sérieusement blessé, et Christophe, assis à la place où aurait dû être Denise, mourut dans les jours qui suivirent.

L'ange gardien de Denise rangea ses ailes dans le casier à ailes de la grande caserne des anges gardiens, et alla s'offrir un repos bien mérité.

En passant devant la pointeuse, il vit que le nom de l'ange gardien de Christophe était rayé. C'était comme ça, chez les anges gardiens. À la première faute, viré ! C'est du moins ce qu'imaginent ceux qui croient aux anges gardiens.

À l'heure où j'écris ces lignes, le 26 décembre 2004, il vient d'y avoir un licenciement massif, pour cause de Tsunami.

Le patron, lui, décline toute responsabilité. Quand il y a une connerie, c'est le petit personnel qui trinque. Normal, Il faut bien que la boutique continue à tourner. Et puis chacun son boulot.

— Vous êtes là pour surveiller pendant que je reçois les hommages et les prières. Si ça vous plaît pas, allez au diable ! Qui c'est le chef, nom de Dieu ?

XVII

Sissi… impératriste

Le dieu des chats, lui, bien qu'infiniment moins connu que celui des hommes, a envoyé un ange gardien au chevet de Sacha. Il fait ce qu'il peut. Mais Denise est inquiète. Alors, pour oublier son angoisse, elle se démultiplie au Club. Elle rit plus, virevolte plus, confesse plus comme pour s'enivrer, accumuler encore et encore des joies, parce qu'elle sait bien que s'il devait arriver quelque chose à Sacha, sa vie ne serait plus jamais la même.

Alors, les tendresses se multiplient, les reconnaissances aussi de tous ceux qui viennent la remercier de ce qu'elle leur apporte, et surtout de ce qu'elle est : une princesse. Princesse du cul, mais princesse quand même. Mieux, une légende.

Car elle est devenue mythique, la petite porte noire de la rue Quincampoix. Bien sûr, Denise est passée quelquefois à la télévision. On la voit dans des tribunes de stades, des soirées parisiennes, à des anniversaires d'Indiens.

Mais le fond de la légende est entretenu à l'ancienne. Ce qu'on appelle la tradition orale.

— Ah ! c'est vous, la célèbre Denise ! s'entend-elle dire la plupart du temps dans les soirées en ville.

Et toujours cette étrange magie qui fait que, malgré tous les excès dont on la gratifie, tous ceux qui la croisent ont une déférence respectueuse envers cette prêtresse de l'amour cru.

Elle promène une aura mystérieuse qui attire et intrigue.

Sa renommée s'est immiscée aussi bien dans les salons des beaux quartiers que dans les arrière-salles des petits bistrots de campagne les plus reculés.

L'Icône, dans la droite ligne de cette nouvelle époque mercantile, aurait pu en tirer bien plus de profit. Ouvrir une succursale l'été sur la Côte par exemple. Ou, à l'image d'une Régine, en faire une marque déposée internationale.

Se multinationaliser ! La belle affaire ! Denise est déjà « cotée en bourses ». Des milliers de paires de couilles assouvies et reconnaissantes !

Après vingt ans de boîte, elle en est à l'heure du bilan. Bien sûr, il y a encore du chemin à faire, des peaux à mouiller, des clitoris à réveiller et des membres à amidonner. Mais le plus beau est derrière.

Maman est assouvie. Tant d'amour donné, reçu, vécu, imaginé, tremblé.

Elle regarde souvent les îles sur des cartes postales en se disant « J'arrive ».

Elle voudrait bien le vendre, le 41, et partir loin au soleil pour toujours.

Mais difficile de vendre un temple sans son gourou.

Chez Denise sans Denise, c'est pas chez Denise. C'est une évidence. Une lapalissade bien plus essentielle que dans n'importe quel autre lieu de convivialité.

Au moment où on s'approche de la fin de cette histoire, j'ai la sensation d'être à bord d'un avion qui amorce son atterrissage.

Dans quelques pages, nous allons arriver à destination. La température extérieure sera douce. Surtout laissez vos ceintures détachées. Même s'il y a encore de grosses secousses.

Comme celle de ce mois de mars 2002.

Ce soir-là, il y a dans la boîte un de ces nuisibles qui a échappé à l'instinct physionomiste de Denise. En principe, au premier coup d'œil elle les reconnaît, les incorrects, les mal élevés, les casse-couilles, quoi ! Et soit elle leur interdit l'entrée, soit elle les vire à la première incartade.

Celui-là est passé à travers les mailles du filet.

C'est ce qu'on appelle un petit con. Hautain et intouchable.

Parce que l'argent de papa lui a donné la largesse du chéquier et la bassesse d'âme. Un de ceux qui se croient partout en territoire conquis. Un de ceux qui ne comprennent pas qu'on ose résister à leur qualité supérieure. Juste parce que même celle qui a un sexe dans chaque main et un autre entre les jambes n'est pas un bout de viande à qui on parle mal.

Celle-là, il l'a attrapée par les cheveux et lui a dit comme on fait obéir un chien :

— Allez suce, toi !

C'est une nuance qui peut paraître insignifiante aux profanes, mais l'équilibre de ces jeux-là tient à un fil. Même la plus salope des salopes a une sensibilité de petite fille. Le respect n'est pas une question de langage. On lui a souvent parlé bien plus violemment. Non, c'est une question d'intention. Le sentiment impalpable d'être face à un être dénué de tout humanisme. Et ça, dans ces lieux-là, ça ne pardonne pas.

— Non, fait sèchement la jeune fille.

— Et pourquoi ? Une de plus, une de moins, t'en as pris des kilomètres.

— Casse-toi, connard.

L'affront. La mutinerie.

« Comment ça ? Moi, le beau garçon qui en emballe des bien plus belles et bien plus respectables. Moi le fils de. Moi, tu me refuses à « Moi » ?

Voilà ce qu'il se dit dans sa tête, Petit Con. Dans sa tête seulement. Parce qu'en vrai, il part dans un discours hurlé, où il traite successivement tous les clients de malades, les filles de putes et le 41 de boîte de nazes où la patronne est une incapable et une connasse.

Naturellement, Maman accourt et lui répond, sur le même ton, que des merdes comme lui n'ont rien à faire dans sa boîte, que la femme y fait ce qu'elle veut et avec qui elle veut, et qu'il va falloir qu'il dégage au plus vite.

Et à ce moment-là, Petit Con a le mauvais réflexe.

L'alcool, la colère, l'humiliation lui font péter les plombs au point qu'il allonge une gifle à Denise. Faute. Grosse faute. D'autant que les quelques rugbymen qui sont là ont le sang plus que chaud. Il se fait immédiatement démonter et ils l'escortent jusqu'en haut pour le laisser aux mains du portier. Le nez cassé, il demande la faveur de le passer sous l'eau froide. Denise y consent en ordonnant au portier :

— Et après, tu me jettes cette ordure dehors.

Et elle redescend au bar pour offrir un verre à ses anges gardiens rugbymen.

Quand elle remonte, un quart d'heure plus tard, elle a la mauvaise surprise de constater que Petit Con est toujours dans l'entrée.

Le portier parle avec lui. Au lieu de le virer tout de suite, il a voulu jouer les moralisateurs : « Il ne faut pas se conduire comme ça… Ici, tout le monde doit respecter tout le monde… Etc., etc. »

Denise est furieuse. Elle crie au portier :

— Tu l'as pas encore viré, ce con ?

Et là, Petit Con se retourne brusquement et expédie cette fois à Denise un énorme coup de poing qui l'envoie valser à trois mètres. Bien entendu, le boxeur prendra sa dose avant d'être jeté sur le trottoir.

Mais Maman a salement dérouillé. Son œil est massacré. Le cristallin a explosé. Elle se fera opérer, et heureusement que la médecine a fait des progrès, parce que l'incident se serait passé quelques années auparavant, elle aurait définitivement perdu son œil.

Aujourd'hui, elle souffre encore et sa vue se trouble de temps en temps.

Une autre secousse avant l'atterrissage viendra la remuer, mais bien plus profondément. Une secousse dont aujourd'hui elle n'est toujours pas remise et dont elle ne se remettra sûrement jamais.

À partir de ce jour, elle organisera sa douleur comme tous ceux qui perdent leur essentiel. Elle fera avec !

On est le 10 janvier 2003. Et contrairement aux belles journées ensoleillées où la foudre arrive en plein milieu des rires, la soirée a été plutôt triste.

Elle a passé son temps à réconforter Mina qui ne se remet pas du départ de son double, Daniéla, sa « petite sœur », partie vivre une grande histoire d'amour.

Et Grand Sachem qui s'ennuie… Et Reine, qui a une angine, ne peut rien avaler !

Bref, une soirée de merde. Tout juste un éclat de rire. Une petite réplique de collection. Deux clients qui devisaient au bar en regardant une jeunette de vingt ans qui en paraissait quatorze prendre son pied avec une doublette de quinquagénaire.

— Tu vois, avait dit l'un, si c'était ma fille, je lui mettrais des tartes.

— Moi, si c'était ma fille, répliqua l'autre, j'écarte les jambes de ma femme et je la remets à l'intérieur !

Voilà. Belle formule, mais la seule de la soirée. Ça fait maigre.

Et puis surtout, Denise est de plus en plus inquiète. Sacha s'affaiblit. Il est à la campagne. Il ne sort plus de sa chambre de petite fille qu'elle a réaménagée pour lui. Entre des peluches et des coussins soyeux, il se laisse partir.

Elle a presque les mêmes douleurs que lui tant l'osmose est profonde entre eux. Depuis quelques mois, elle a mal partout, le dos, la nuque, les jambes. Comme si elle voulait porter une part de son fardeau. Elle l'aime tellement.

Et on ne peut s'empêcher de penser, en observant cet amour sincère et absolu, à une autre icône : Bardot.

Étrange, cette similitude d'âme entre deux êtres, qui par ailleurs ne se connaissent pas, mais qui représentent, chacune dans sa catégorie, un modèle de femme rare en voie de disparition.

Elles ont eu toutes deux le sexe chevillé au corps.

L'une a eu un enfant dont elle ne s'est guère occupée, l'autre a eu la prévoyance de comprendre tôt qu'elle n'était pas faite pour ça. Une infime différence, mais qui les ramène de toute façon au même aboutissement. Chacune a trouvé dans l'animal l'exutoire absolu à sa fuite de l'homme, parce que l'homme même bestial est tout sauf un animal. L'homme s'aime lui-même avant d'aimer les autres. L'homme est impatient, irrésolu et définitivement mû par son sexe. L'animal est fidèle, chaleureux, attentif.

Alors, elles ont préféré la compagnie des animaux.

L'une a sacrifié sa gloire pour en faire un combat.

L'autre s'est contentée de ne donner qu'à celui qu'elle avait choisi le grand amour qu'on n'offre qu'une fois dans sa vie.

On peut même trouver entre l'icône cinématographique et l'icône libertine bien d'autres points communs de caractère.

Chacune a une qualité dominante : la franchise. La véritable. Celle qui veut qu'on ne se ment pas à soi-même. Et puis elles n'hésitent pas à émettre des jugements que la majorité bien-pensante réprouve. Ils appellent ça des « dérapages », les politiquement corrects de façade. Je dis façade parce qu'il est probable qu'ils s'indignent en surface de ce qu'ils approuvent au fond d'eux.

En tout cas, quel que soit le bien-fondé de leurs propos communs qui taclent la société dans ce qu'elle a de plus hypocrite, elles ont le mérite de ne jamais masquer leurs révoltes. Et dans cette nouvelle société qui formate même les intimes convictions, ça mérite au moins une reconnaissance d'honnêteté.

Un dernier point commun entre ces deux femmes :

Bardot eut à répondre, un jour, à la question :

— Quel a été votre plus beau jour ?

La réponse, Denise aurait sûrement fait la même :

— Mon plus beau jour ?... Une nuit !

En tout cas, ce n'est certainement pas la nuit de ce 10 janvier 2003, parce que celle-ci s'achève bien tristement. Même le matin qui s'annonce est pluvieux et froid.

Denise, qui se plaint encore de douleurs lancinantes aux reins, quitte le bar après avoir fait sa caisse.

Au moment où son pied se pose sur la première marche de l'escalier, elle ressent une douleur violente et aiguë dans la cheville qui la paralyse au point qu'elle devra s'asseoir quelques instants avant de pouvoir repartir. La douleur comme un couteau qu'on lui enfonce dans les chairs n'aura duré que quelques secondes.

Il était exactement six heures dix. C'est à cette heure précise que, là-bas, dans sa chambre de petite fille du Limousin, s'éteignait Sacha, l'amour de sa vie.

Elle le fera incinérer. Aujourd'hui, elle garde ses cendres, et une touffe de poils dans un petit coffret. Et sa photo est la seule qui trône dans sa chambre. Elle ne le remplacera pas. « Jaloux comme il était, il ne l'aurait pas supporté », avoue-t-elle quand on lui pose la question.

Et revoilà Denise la fidèle. Fidèle à la mémoire de son seul amour comme elle l'est à la mémoire de tout. Comme elle le restera toujours à ses valeurs. Celles que lui a léguées une petite fille presque nue assise sur la margelle d'un puits.

Un puits. On prétend que la vérité en sort nue. Elle, elle l'était presque, et attendait sur le bord. Alors, Denise est-elle un symbole vivant de la Vérité ?

Je le crois, et c'est pour cela que j'ai souhaité écrire son histoire.

Vérité avec un V majuscule, comme des jambes écartées. Ne pas nous mentir à nous-mêmes, avoir le courage de nous accepter tels que nous sommes, oser nos audaces profondes, et surtout ne pas juger sans connaître, parce que tout avis hors de cette condition sine qua non est un mensonge.

Voilà. L'atterrissage est imminent. Le roman-film de la vie de Denise va se poser là. Bien sûr, le voyage continue. Ce n'est qu'une escale. Certains passagers resteront à bord, d'autres vont débarquer, des nouveaux embarqueront. Qui sait, pour une autre histoire ?

L'armoire de la vie de Maman n'est sûrement pas encore pleine.

Au moment d'arriver à ce terminus provisoire, j'avais envie de jeter un dernier coup d'œil dans la carlingue pour voir ce qu'étaient devenus les voyageurs de ce périple de près d'un demi-siècle.

Comme une photo d'école. Première et deuxième classe. Un « avis de recherche » entre réalité et imaginaire.

Le premier amour, d'abord. L'homme professeur qui savait si bien enseigner l'art d'aimer. Il n'a pas quitté Limoges. Après Denise, il en a formé d'autres au plaisir. Jusqu'à ce qu'il s'arrête à une lolita qui lui fasse passer le goût de l'éducation sauvage en le capturant dans ses filets. Il a eu des enfants et même des petits-enfants.

Sa petite-fille préférée a quinze ans et quart. Ensemble, ils ont un grand secret. Elle est amoureuse d'un homme de vingt-huit ans. Alors bien sûr, il lui explique qu'il ne faut pas. Qu'elle est trop jeune pour franchir le pas. Qu'en plus, c'est puni par la loi des hommes.

Alors, elle lui parle de la loi de l'amour. Il fait semblant de ne pas comprendre.

Ce soir, elle lui a dit qu'elle était décidée quand même. Alors, il a froncé les sourcils et a dit fermement : « Je t'interdis… », et avec un petit sourire tendre, il a ajouté à voix basse : « … d'en parler à un autre que moi. »

Jean-Michel, le « serial fucker », patron dans l'immobilier, qui avait emmené Denise dans sa première soirée libertine, est parti s'installer aux États-Unis après avoir fait fortune. De temps en temps, il organise chez lui, dans sa grande villa de Palm Beach, des soirées privées. Il s'est mis au Viagra, plus pour sauver la face que pour la recherche du plaisir. Avec le temps, sa libido rassasiée s'est pratiquement éteinte. Un de ses derniers plaisirs est de faire hurler de plaisir une vieille nymphomane, en lui enfonçant entre les jambes sa main jusqu'au-dessus du poignet. Elle lui avoue n'avoir jamais eu autant de plaisir, si ce n'est un soir, dans un club à Paris. C'était une femme qui l'avait fait jouir d'une façon formidable. Elle compte bien revenir la voir bientôt.

Jean-François et Sylvie, qui avaient organisé la soirée dans le 16e où Denise avait eu le déclic de sa vie, ne sont plus ensemble. Lors d'une des multiples soirées, Sylvie tomba amoureuse d'une superbe Italienne qui l'amena vivre à Florence.

Jean-François ne s'en est jamais remis. Il vient d'écrire un roman, *Le Repenti*, où il fustige toutes ses années de débauche.

Le Lelouch du porno, pour qui Denise s'était gelée sur une plage de Deauville, s'est reconverti dans le film d'entreprise. Mais il ne désespère pas de faire enfin ce long-métrage autorisé aux moins de dix-huit ans dont il a toujours rêvé. Il vient de proposer à une grande chaîne un scénario magnifique sur la vie de saint François d'Assises.

On le lui a retourné en lui disant que ça manquait de sexe. Allez faire des efforts, vous !

Et les partouzeurs, les échangistes, les queutards, les nymphomanes, tous ces passagers anonymes croisés au gré des étreintes, que deviennent-ils ? Que devient le libertinage ?

Il est de plus en plus présent. Et les libertins sont de plus en plus jeunes. Cette « déviance », réservée jadis aux bourgeois, s'est étendue à la France profonde. De jeunes couples tout juste sortis de l'adolescence se précipitent dans ces plaisirs interdits. Autrefois, ces « amuse-culs » ne concernaient guère que les couples ayant fait le tour de tout, finissant par s'adonner à la luxure de groupe en dernier recours. Aujourd'hui, beaucoup de couples naissants veulent goûter le dessert avant l'entrée. Est-ce un bien ou un mal ? Leur avenir le dira.

L'échangisme sauve-t-il plus de couples qu'il n'en détruit ? Les libertins sont-ils des anges ou des démons ? Le sadomasochisme est-il une maladie ? Croise-t-on dans les clubs plus de détresse que de bonheur ?

Autant de questions auxquelles il vous appartient de répondre. En tout cas, le débat peut s'ouvrir dans toutes vos soirées entre amis. Je suis encore moi-même dans le doute. Mais j'ai quand même quelques certitudes : ces pratiques, pour être bénéfiques, ne doivent être qu'épisodiques. La fréquence tue la magie.

Le libertinage est un bien pour l'équité d'honneur des femmes par rapport aux hommes. Il est tellement affligeant de constater qu'il existe encore tant de bien-pensants à considérer la femme aux multiples aventures comme une salope et l'homme collectionneur comme un cador. Dans le libertinage, cette ségrégation n'existe pas.

L'échangisme est un partage, l'adultère une trahison. Pourtant la bonne société fustige le premier et se vautre sans vergogne dans le second. Indignation « hypo-Christ ». Fourberies et faux-semblants. Je vomis cette morale de façade.

Les clubs de plaisirs interdits sont, bien plus qu'on ne croit, avant tout, des lieux de rencontres amicales et de conversations. Des oasis d'échanges d'humeurs et d'idées sans a priori.

Et puis, ces lieux-là sont marqués du sceau de la

discrétion. En ces temps de déballage de tout, l'anonymat de ceux qui s'y prélassent a quelque chose de rassurant et de confortable.

À ce propos, que sont devenus nos Indiens ?

Ours blanc poursuit sa carrière. Mais on ne le voit plus au 41.

Nuage sombre ne vient plus non plus.

Calumet de la paix, l'hédoniste, continue son enrichissement philosophique entre deux bouffées.

Aigle royal est mort, et avec lui, la mode rock'n roll des chanteurs français à excès. Aujourd'hui, ils n'ont que des excès de confiance et miaulent que la vie est belle quand le ciel est bleu.

Un soir de 1983, Aigle royal avait confié à Chemise blanche, au bar du 106 :

— Le bonheur, c'est pas le ciel bleu. Regarde une photo. C'est monotone. Bleu, c'est tout. Alors qu'une photo d'un ciel d'orage, c'est rouge feu, violent, merveilleux. C'est ça la vie, mon p'tit gars.

J'espère que là-haut, il a mauvais temps.

Cheval du désert et Mérou de Tahiti viennent épisodiquement, comme ça, pour l'amitié surtout. Le temps qui passe, l'époque qui change, font qu'au lieu de se créer de nouveaux souvenirs, ils se régalent à ressasser les anciens. Il n'est pas rare de les voir collés au bar, racontant et racontant encore les éclats de rire d'avant, comme on se repasse des diapos d'été à l'automne.

Denise n'a plus de nouvelles de Poney timide, si ce n'est par les échos de sa carrière qui elle aussi s'est faite discrète.

Plumes d'ara a fait un virage à cent quatre-vingts degrés : il est redevenu hétéro à temps plein. Il avoue ne rien regretter, mais ça ne devait pas être sa nature profonde. Le déclic s'est d'ailleurs fait de façon très étrange.

Il avait ramassé un soir d'hiver, au bois de Boulogne, un travesti de tout juste vingt ans, beau et fragile.

Après avoir eu sa dose de plaisir, sur le chemin qui le ramenait avenue de la Reine où il l'avait pris et où il devait le déposer, il s'était mis à parler de son métier. À cette époque-là, il souffrait de la lâcheté, des coups tordus, bref des saloperies en tous genres qui sont le quotidien du show-biz et de la télé quand les intérêts deviennent trop gros.

Car sa carrière avait pris un essor incroyable. Et au chaud de sa grosse Mercedes, il contait à Anita, son gentil travesti, les affres de sa condition. Anita écoutait, sincèrement touché(e), par l'écœurement sincère et le mal-être de son client célèbre.

Et c'est sous une pluie battante que Plumes d'ara déposa Anita où il l'avait trouvé(e). Et ce petit travesti à peine adulte, abandonné à un monde terrible où la drogue, la maladie et la mort rôdaient à chaque pas, dit au moment de sortir de l'auto, sincèrement compatissant, à Plumes d'ara :

— J'aimerais pas être à ta place.

Et alors que la petite silhouette, fragile, sous la pluie, dans la boue, s'éloignait dans son rétroviseur, Plumes d'ara eut un choc soudain :

« Et ta place à toi, pensa-t-il, qui aimerait y être ? »

Et d'un coup, il prit conscience qu'il venait de pleurer sa condition à un être infiniment plus malheureux, et qui en plus compatissait le plus sincèrement du monde. Il eut une immense sensation de dégoût de lui-même. Il s'arrêta, sortit du vide-poche un petit papier plein de poudre blanche. Il fallait absolument laver la honte. En tout cas, se donner l'illusion de ne plus l'avoir. Et il repensa à la phrase de Maman : « Tu n'es pas meilleur, mais quand tu es mauvais, tu t'en aperçois pas. »

Et si c'était pour ça que ses enfants lui faisaient la gueule ? Et si c'était pour ça que sa femme le lâchait de plus en plus ?

Et si c'était pour ça, alors qu'il avait tout pour être heureux, le succès, le confort, qu'il passait son temps chez des psys qui ne le délestaient que de son argent, lui laissant le poids de tout le reste ?

Alors, il jeta le « talc » par la fenêtre de la voiture, et décida de tout changer, de tout reprendre au départ. Et depuis, il est heureux sans came, sans psy, sans homosexualité de hasard, et sans déprime ?

Bien sûr que non. Ça, c'est dans les contes de fées. Parce qu'en fait, deux jours plus tard, il avait repris la came, les angoisses, donc les psys. Il y va même plus souvent, vu que son penchant pour les hommes s'étant complètement éteint ce soir-là, il voudrait bien savoir pourquoi.

Grand Sachem, lui, a le goût des hommes toujours bien intact. Peut-être plus que jamais tant, dans son métier de grand manitou du show-biz, il voit les petites graines de chanteuses prêtes à tout et même plus pour star-académiser leur destin.

Le problème, c'est qu'il n'y a plus de stars, il n'y a que des graines de graines. Et des petites connes prêtes à s'offrir, comme si un coup de bite pouvait donner de la voix. Comme si ce qu'elles prenaient dans le cul pouvait leur ressortir par la bouche. C'est ainsi qu'il en parle. C'est dire s'il est loin de se convertir.

Rocco fait la carrière qu'on sait.

Le Cafard passe de temps en temps, pour se faire uriner dessus.

Mathilde continue son sacerdoce de Madame Claude pour chat.

Le docteur Elkaoui poursuit sa lutte contre le sida… le sien.

Yves, le maton, a été assassiné par un taulard. Un Breton.

Martine, le maton, a épousé celui qu'elle avait rencontré un soir de Noël au 41.

Christine est sociologue. Elle s'est mariée. Elle a une maîtresse.

Johanna a accouché d'une autre petite fille. Dans un Mac Do, cette fois.

La collection de Monsieur Albert en est déjà à trente et un spécimens.

Faucon bleu est devenu indispensable au PAF… du moins le croit-il.

Petit Con l'est encore plus, Simon un peu moins.

José l'Indien s'est fait bouffer un bras par un crocodile.

Greg a fait retraite dans un cloître, il s'éclaire à la bougie.

Reine est heureuse. Elle n'a plus d'angine.

Et Nordine est quelque part dans la nature.

Peut-être très loin… Peut-être tout près. Peut-être est-il en train de lire ces pages. Peut-être se dit-il que, hormis les agressions, le récit de sa vie est totalement inventé.

Il a raison. Peut-être se dit-il aussi : « Comment a-t-il fait pour décrire des états d'âme que je suis seul à connaître ? »

En tout cas, ce n'est pas moi, Patrick Sébastien, qui ai la réponse.

Il faut demander à Chemise blanche, c'est lui qui a écrit ce livre.

Quant à Denise, elle continue à enfiler chaque soir du mardi au samedi sa panoplie de Denise. Elle se déguise en elle, robe légère sur peau nue, pour plonger inlassablement dans les eaux troubles des plaisirs interdits. Sa vie sexuelle se limite à quelques éphèbes énamourés d'une vingtaine d'années trop heureux d'être pour une fin de nuit le choix de l'Icône. Ou alors, et c'est le plus fréquent, elle rentre seule mais ne s'endort jamais sans faire sa prière au dieu du sexe : une masturbation douce sur les images film des amoncellements de chair qu'elle a provoqués.

Ses week-ends sont forestiers. Elle marche seule dans les sentiers limousins de son enfance, rêveuse et libre, contemplative et heureuse, s'arrêtant à une feuille d'oiseau ou une plume d'arbre parce que son âme, lézardée de réalités crues, poétise plus que chez toute autre son regard sur les choses.

Elle ne craint la vieillesse que pour un seul de ses inconvénients : ne plus pouvoir voyager. Ne plus revoir Jérusalem, Bali, Rio et surtout le Sahara. Cette immensité apaisante où elle avoue avoir été le plus près de la sérénité absolue.

Denise est heureuse. Bien fait pour elle ! Ça lui apprendra à avoir passé sa vie à faire le bonheur des autres. Non, mais !

ÉPILOGUE

— Vous pouvez me faire un autographe, monsieur Sébastien ?

— Avec plaisir.

Le jeune serveur de la Réserve de Beaulieu remercie gentiment avant de proposer :

— Vous voulez un autre café ?

— Oui, et un autre aussi pour ma femme, et toi Denise ?

— Une infusion.

C'est l'été. La Côte d'Azur. La terrasse de la Réserve de Beaulieu est un lieu magique. Face à la mer. La lune, à la tombée de la nuit, est venue se baigner devant nous. Des yachts illuminés qui croisent au petit large nous parviennent, éparpillées, des notes de musique orientale.

Le dîner était magnifique. C'est notre plaisir préféré, quand Denise vient chaque année passer quelques jours de repos dans la villa que je loue à Cannes.

Il y a bien longtemps que je n'ai plus mis les pieds au 41. Overdosé de libertinage, j'ai pris ma retraite d'oiseau de nuit. Sans remords ni regrets. De temps en temps, je recommande à Denise des amis en mal de frivolités. On s'appelle. On se voit aussi quelquefois à

Paris. Autour d'une bonne table comme là, avec Nana, ma femme.

Nana connaît toutes mes folies d'avant. Elle sait que Denise et moi, c'est une longue histoire d'amitié qui a commencé en même temps que le 106.

De toute façon, bien des années avant de me connaître, mes « exploits » avaient déjà résonné à ses oreilles au fin fond de son Sud-Ouest natal.

Cette fameuse Denise, Nana voulait la connaître. Il était évidemment hors de question de l'emmener dans l'Antre. Alors, nous nous sommes rencontrés autour d'un pigeonneau aux épices et d'un Haut-Brion 1982.

Mes plaisirs aussi ont changé de siècle. Aux fantasias de sexe et d'alcool, il y a bien longtemps que je préfère l'intimité douillette d'un repas entre amis. Bien sûr, les souvenirs envahissent la table.

Et nous nous racontons Denise et moi, pour la énième fois, les chevauchées d'antan.

Et Nana en rit avec nous. Elle aussi est tombée sous le charme de l'Icône. En me confiant cependant qu'elle n'arrive pas à imaginer comment cette femme (qu'elle ne connaît qu'élégante et terriblement attachante par sa douceur et son discours posé) peut avoir passé le plus clair de son temps au milieu d'une telle débauche.

N'allez pas saliver en imaginant une quelconque dérive entre nous trois. Ce n'est que de l'amitié. Sans ambiguïté. Mais avec une immense tendresse. Et puis il y a entre ces deux femmes, l'une qui ne pourra jamais avoir d'enfant et l'autre qui s'en est volontairement privée, des parfums de filles que je ne peux évidemment pas saisir.

— Je voudrais qu'on ne parle pas que de cul dans le livre, dit Denise. Tu sais, il y a plein d'autres choses. J'ai été militante féministe, j'adorais Simone Veil et Gisèle Halimi. Et puis, il y a eu Sacha.

— Je sais tout ça, mais il me manque les détails, alors si tu veux bien, demain j'achète un petit magnétophone et pendant tout ton séjour, tu me racontes tout.

— Ça marche, fait Denise, emballée.

Et elle ajoute, autoritaire :

— Mais tu ne racontes que ce qui est vrai.

— Évidemment, mais très romancé, arrangé.

Et soudain Denise éclate de rire :

— J'y pense d'un coup ! Si on en faisait un film de ce livre, et si les stars y jouaient leur propre rôle, ce serait la plus belle distribution du cinéma français !

Et nous rions tous les trois. Il fait doux. On est bien. Je la regarde boire du bout des lèvres sa tisane comme une aristocrate anglaise distinguée. Il est saisissant, ce décalage entre la respectabilité que dégage cette femme et les outrances qu'elle a vécues. Entre son rêve et sa réalité.

Un avion blanc passe au loin. Il vient de décoller de l'aéroport de Nice-Côte d'Azur. Et étrangement, mes pensées s'envolent avec lui vers la fin d'un film extraordinaire des années 60 : *Mondo cane*. Un chef-d'œuvre documentaire italien qui t'emmène aux quatre coins de la planète être le témoin de réalités ahurissantes.

Dans le dernier sujet, on voit des hommes et des femmes d'une peuplade primitive, peintures de guerre et os dans le nez, les mains accrochées au grillage d'un aéroport auquel ils n'ont pas accès.

Leurs grands yeux, en gros plan, regardent s'envoler un grand avion blanc. Pour eux, l'Oiseau de paradis. La voix du commentateur explique que, dans leur esprit, il n'y a qu'un Dieu dans les cieux : le leur. Et que c'est ce Dieu qui a fabriqué le grand oiseau blanc auquel ils n'ont pas accès.

Alors, on les retrouve au sommet d'une montagne de 3 000 mètres. Tout-là-haut, au bord du précipice, en bout de rocher, ils ont fabriqué une piste de terre cabossée d'une centaine de mètres. Ils ont aussi construit un ersatz de tour de contrôle en bois sur laquelle sont accrochées des grappes d'enfants, les yeux au ciel.

Ils attendent, scrutent, espèrent l'Oiseau de paradis. En bout de piste, ils ont installé une maladroite réplique d'avion en bois et lianes tressées. Un appât. Un leurre. Et ils sont des dizaines, de part et d'autre de ce tarmac de fortune, balisé de flambeaux, à attendre qu'atterrisse enfin le grand oiseau blanc.

Merveilleusement émouvant. Extraordinairement beau et pur.

Le décalage. Tout un rêve d'écart entre le monde tel qu'il est et ce qu'ils veulent qu'il soit.

L'avion de ligne de vie de Denise transporte, aux yeux des opérateurs de la tour de contrôle de la morale, des containers de sperme éjaculé, des baiseurs de fond abjects, des salopes écartelées, des déviances clouées sur des croix d'humiliation.

Du haut de sa montagne, Denise n'y a vu qu'un Oiseau de paradis. Blanc. Pur. Un idéal d'existence fait de bonheurs éphémères, de respect profond, et d'amour sincère.

Alors, moi, le primitif, je l'aime d'une tendresse tribale. Une tendresse nue.

Je l'embrasse sur la joue. Comme une maman. Et je pense à la mienne. Ma vraie maman. Celle qui me reproche gentiment de ne pas assez l'appeler « maman », justement. Je l'appelle Dédée, comme tout le monde. Mais je l'aime, comme personne.

Elle et Denise se connaissent bien. Elles sont de la même trempe. Oh ! pas du tout dans la même catégorie. Dédée, sans être, loin de là, un parangon de vertu, n'aime pas bien les assemblages hasardeux et a beaucoup de mal à comprendre toutes ces dérives sexuelles alambiquées.

Mais les deux ont une assurance, une solidité à toute épreuve.

Ce sont des femmes chênes. Protectrices, rassurantes.

Les deux ont eu des vies pleines, riches, violentes. Elles ont toutes deux eu cette faculté d'être l'amarre les jours de grand vent.

Bien sûr, ma seule, mon unique maman, c'est celle qui m'a donné le jour.

Mais j'ai eu l'infinie chance d'en avoir une autre. Adjacente. Celle qui m'a donné la nuit.

Je sais que les deux m'aiment pour ce que je suis. Pas pour ce que le succès a fait que je suis devenu.

Et ça, c'est un beau cadeau.

— Et tu vas l'appeler comment ce livre ? demande Denise, comme on projette un prénom d'enfant.

— Vitriol Menthe. Comme toi… Comme eux.

— Qui, eux ?

— Les juges, les dénonciateurs, les sentencieux. Eux, ce sera « vitriol ». Je les pronostique déjà, les marchands d'encre sale titrant à la une sur mon passé sulfureux, sur mes aveux inconvenants. Je les vois d'ici, les pourfendeurs de clowns, trop heureux de l'aubaine, tentant de m'accabler d'un faux pas médiatique. Oh, comme je les devine, chassant la petite phrase à sortir de son contexte, pour m'accuser d'exhibitionnisme de poubelle. Et puis…

— Alors, ce livre, on le fait pas, me coupe sèchement Denise.

— Bien sûr que si. Tu sais, depuis quelque temps, à force de succès consensuels, je manque sérieusement d'indignations. À force d'audimat tranquille, mes révoltes s'empâtent. Il est temps que je m'expose, que je me risque, sinon c'est plus moi, tu sais bien. Je m'ennuie au soleil.

Le ciel d'orage, disait Aigle royal… le ciel d'orage… Et puis, ce qui serait grave, c'est que ce qu'ils risquent de me reprocher, je me le reproche moi-même. Et c'est pas le cas.

— Et si tu souffres ?

— Tant mieux. Il est hors de question que je meure heureux. T'imagines la douleur de partir ?

— Oui, j'imagine.

— Et puis, il y aura la « menthe ». Le sucré, le doux. L'œil des vrais. Les sourires muets des passants complices au coin des rues. De ceux qui auront tout compris. L'amour, la tolérance, la différence. Les feuilleteuses insomniaques, allongées tout près mais si loin de leur beauf au bois dormant. Des fantasmes plein la tête, plein le ventre. Et qui sait si d'un doigt agile et silencieux… hein ?

— Qui sait ?

— Pareil, pour les feuilleteurs. Des anciens clients venus en secret, répondant à l'inévitable « Tu connais ? », un tremblant mais tellement jouissif : « Non, chérie, je découvre. »

— Alors tu le fais pour eux ?

— Non, je le fais pour toi.

La terrasse de la villa de Cannes est superbe. Au loin, le bord de mer clignote de réverbères. Un yacht géant est amarré au cœur du reflet de la lune pleine.

Denise, seule, contemple la ville endormie.

Derrière ces fenêtres éteintes, combien sont seuls, tout seuls ?

Combien sont seuls à deux ?

Combien font l'amour ?
Combien le défont ?
Combien pleurent ?
Combien rient ?
Combien rêvent ?
Et elle, est-ce qu'elle rêve ?
Est-ce que tout ça est vraiment arrivé, ou est-ce que la petite fille du grenier aux magazines s'est endormie sur la carte postale ?
Denise pleure.
Elle pleure le temps qui est passé trop vite, mais comment faire autrement ?
Elle pleure son père.
Elle pleure peut-être aussi l'enfant de l'aiguille. Le seul à qui elle ait refusé l'amour. Finalement elle l'a donné à manger au chat, cet amour.
Alors, elle pleure Sacha.
Elle pleure aussi de bonheur. Celui d'avoir eu la vie qu'elle espérait.
Sans l'ombre d'un regret.
Elle trouve l'expression stupide. Pour qu'un regret ait une ombre, il lui faudrait un soleil de l'autre côté.
— C'est pas vrai, monsieur l'instituteur ?
— Mais bien sûr, ma petite Denise.
Ça y est, elle a onze ans moins le quart tant il lui tarde que ça ne passe pas.
Quelques petits garçons deviennent des hommes, mais toutes les femmes restent des petites filles.
Malgré les apparences, Denise l'est restée bien plus que les autres.
Vivement la vie d'après ! Qu'elle soit un homme, un vrai.

POSTFACE

Lettre d'amour de Denise à Patrick

Je suis heureuse de pouvoir remercier du fond du cœur, Patrick pour la merveilleuse preuve d'amour et d'amitié qu'il m'a donnée en consacrant beaucoup de son temps si précieux pour écrire ce livre « Vitriol menthe ».

Lorsqu'il est venu la première fois au club 106 accompagné de ses copains de l'équipe de France de rugby en 1981, nous avons compris qu'une amitié durable et forte allait se tisser au cours des années.

Nous avons les mêmes origines limousines avec des valeurs sûres, nous sommes des épicuriens au vrai sens du terme, nous n'aimons pas seulement le sexe, mais aussi la bonne bouffe, les bons vins, la fête et donner du bonheur aux gens, lui avec ses merveilleuses émissions et moi avec la préoccupation de réussir chaque soirée, de faire en sorte que les clients partent en me disant : « merci pour ces moments, c'est mon plus grand bonheur ». Un seul plaisir nous sépare, ce sont les voyages. Patrick a peur pour voyager en avion, de ce fait les voyages sont limités.

Pour moi, c'est un plaisir de partir loin, de découvrir le monde, de vivre des aventures dans le désert, en

Amazonie, en croisières ou aux quatre coins du monde, passion que je ne peux pas partager avec Patrick.

Patrick est quelqu'un d'entier, en accord avec lui-même, qui ne se ment pas, je lui dis souvent « Un grand cœur avec une grande gueule ! ».

C'est sa force dans ce monde d'hypocrites et de superficiels, mais c'est un homme, il a aussi ses faiblesses et au cours des années, j'ai appris à le connaître et à l'aimer.

Depuis plusieurs années, il m'avait parlé de cette envie d'écrire ma vie, et, un soir de juillet 2005, je suis en vacances à Cannes avec lui et Nana, il me dit : « Si tu veux bien me raconter tous les soirs, j'écrirai et te ferai lire. Ce que nous avons réalisé et c'est ainsi qu'est né « Vitriol Menthe », écrit avec tellement d'amour, de tendresse et de sensibilité dans tous les sentiments.

Car au cours du quart de siècle d'amitié, nous avons traversé des moments de bonheur, de fête, de délires mais aussi de douleurs, de grande tristesse, il savait que j'étais là surtout dans ses moments durs.

La disparition de son fils Sébastien était un moment très difficile, le soir de mon anniversaire le 19 août, après l'accident, fin de cette tournée dramatique où Patrick avait eu le courage de monter sur scène tous les soirs pour faire rire les gens alors qu'il n'avait qu'une envie, pleurer; il est venu se réfugier dans mes bras pour que nous puissions parler et évoquer des souvenirs de son fils.

C'est Patrick qui lui avait fait connaître le chemin du 41 pour la première fois, grand moment d'émotion.

Ensuite, nous nous sommes retrouvés au cimetière, moment très doux, très émouvant, en communion avec Sébastien malgré cette dalle de pierre qui nous séparait.

Nous avons même eu le courage de plaisanter assis sur le petit banc de pierre nous tenant par la main.

Puis il y a eu la disparition de son meilleur ami Olivier, l'ami d'enfance, l'ami de toujours. Un moment fort en peine, en vide, en douleur.

Patrick a toujours su rebondir, continuer à aimer la vie, à faire la fête, à assumer ses fantasmes même les plus fous et à travailler beaucoup à se diversifier dans ses émissions.

C'est un visionnaire, il invente et sent le truc qui va plaire au public, même dans ses chansons, plusieurs fois « Disque d'or », sans faire de bruit en continuant son chemin, égal à lui-même, sans la grosse tête de toutes les fausses stars de la télé et je sais de quoi je parle les connaissant presque toutes.

Puis il y a la naissance de Marie, sa petite-fille, fille de Sébastien, grand moment de bonheur, nous avons fêté l'événement avec beaucoup de fantaisie et de délires. Un soir, Patrick est arrivé de tournée en me disant : « J'ai rencontré une super nana ! ». Quelque temps plus tard nous célébrions le mariage dans le stade de rugby de Brive.

Un lecteur m'a dit : « Le bouquin est super mais Patrick ne parle pas de ses expériences libertines en couple ». Tout simplement parce qu'il n'a jamais pratiqué en couple, trop macho ou trop jaloux et possessif peut-être, et puis c'était une période de sa vie où il n'avait pas vraiment une vie de couple.

Maintenant avec sa merveilleuse femme Nana, il n'éprouve plus le besoin de sortir dans tous ces endroits. Finalement ce livre a fait sauter des tabous chez beaucoup de gens, j'ai reçu beaucoup de lettres très sympathiques approuvant notre démarche et même de certains professeurs me disant que le livre devrait être distribué gratuitement dans les facs pour apprendre aux jeunes ce qu'est la vie tout simplement. D'autres osent parler de leurs fantasmes, de leurs vie libertine ou sexuelle.

Merci Patrick pour cette expérience qui a fait avancer les choses, tu as pris des risques vis-à-vis de ta carrière mais le livre a été positif parce que tu as su l'écrire sans vulgarité, avec ton cœur et ta sensibilité.

Un soir je t'ai demandé quelle preuve d'amour je puis te donner à mon tour, tu m'as répondu : « C'est toi ma preuve d'amour ».

Sache que je serai toujours présente dans les moments de ta vie et vive la fête encore et encore.

Je t'aime

Denise

Achevé d'imprimer sur les presses de

BUSSIÈRE

GROUPE CPI

à Saint-Amand-Montrond (Cher)
en mai 2006

POCKET - 12, avenue d'Italie - 75627 Paris Cedex 13

— N° d'imp. : 61101. —
Dépôt légal : mai 2006.
Suite du premier tirage : mai 2006

Imprimé en France